D1731404

～

Evelyne de la Chenelière
Das Meer, von fern
Roman

Aus dem Französischen (Québec)
von Gerda Poschmann-Reichenau

müry salzmann

Für Daniel

„(...) *und ich hab ja gesagt ja ich will Ja.*"
Ulysses, James Joyce

Erster Teil
Der Boxhandschuh

Ich kriege vor Staunen den Mund nicht mehr zu, wie es der französischen Sprache in den Sinn kommen konnte, jedem Ding ein Geschlecht zu verpassen. *Une* fourchette, die Gabel ist weiblich. *Un* espoir, die Hoffnung männlich. *Le* gant de boxe, der Boxhandschuh männlich. *La* promenade, der Spaziergang weiblich.

Das werde ich nie kapieren.

Dabei ist Französisch meine einzige Muttersprache. Wie's aussieht, hat man ja nur eine Mutter, und die soll man lieben. Mir fällt es bloß so verdammt schwer, sie auch zu sprechen.

Ich brauche *langue* nur laut zu sagen, das französische Wort zugleich für *Sprache* und für *Zunge*, und schon habe ich ein blutiges Bild im Kopf. Eine Fratze, die man von ihrem Sockel gerissen hat. Ein Bild mittelalterlicher Folter.

Wie kann ein und dasselbe Wort sowohl das Regelwerk einer Sprache bezeichnen als auch diesen Muskel, der in einem Glas Essig schwimmt? Mir ist schon klar, dass die genaue Bezeichnung für das Geschlecht der Dinge „Genus" wäre. Ich habe studiert.

Ich habe sogar Latein gelernt. Ich weiß noch, dass manche Substantive feminin waren, andere maskulin, und alle übrigen waren Neutra. Wann hat das Französische nur beschlossen, die Neutralität aufzugeben? Ist doch schade, wenn man bedenkt, dass die Neutralität vom Aussterben bedroht ist. Genau wie der Lateinunterricht im Übrigen.

Ich habe Latein geliebt, ich habe es geliebt, eine Sprache zu lernen, die nicht mehr gesprochen wird, das ersparte mir sämtliche Nachteile, die das Reden mit sich bringt.

All das ging mir durch den Kopf, während ich versuchte, mich mit dem Fremden zu unterhalten – auf Französisch. Ich meine fremd im Sinne von „mir fremd", nicht im Sinne von „anderswoher", obwohl dieser Fremde aus Griechenland kam, aber egal, denn wenn ich von einem Fremden spreche, dann meine ich das in einem sehr viel umfassenderen und besorgniserregenderen Sinne, als dass er einfach anderswoher ist. Aber der Fremde, der vor mir stand, war ein typischer Grieche. Schon der Akzent. Ich fragte ihn, woher er komme, um Interesse für seinen Akzent zu bekunden, um ihm zu zeigen, dass ich seinen fremdländischen, vielleicht griechischen Akzent bemerkt hatte, und dass ich gern mehr darüber erfahren wollte. Dass sein Akzent weit davon entfernt war, ein Hindernis zwischen uns beiden darzustellen, sondern uns sogar für mehrere Minuten

Gesprächsstoff liefern konnte. Und das will etwas heißen bei meinem Verhältnis zur Konversation im Allgemeinen.

Er antwortete mir: „Ich komme aus Griechenland und lebe seit vierzig Jahren in Kanada." Beinahe hätte ich ihn willkommen geheißen, ich wollte ihm klarmachen, dass ich nichts gegen in Montréal lebende Griechen habe, auch nichts gegen Leute mit fremdländischem Akzent in ihrem Französisch, ob nun mit einem griechischen oder irgendeinem anderen, nicht einmal gegen Leute, die in Montréal leben, ohne je Französisch gelernt zu haben, vielleicht, weil sie sich entmutigen ließen von einer Grammatik, die den Dingen willkürlich ein Geschlecht zuweist; aber ich sagte mir, dass es nach vierzig Jahren vielleicht ein bisschen spät war, ihn in Montréal willkommen zu heißen.

Und dann fragte ich mich, warum der Fremde es für nötig erachtet hatte, klarzustellen, dass er seit vierzig Jahren hier war, vielleicht wollte er mich darauf hinweisen, dass er vor mir dagewesen war, was ja stimmt, da ich vor weniger als vierzig Jahren geboren wurde, auch wenn ich älter aussehe, und weil ich mich folglich nicht als Herr im Haus aufzuspielen hatte, und weil, wenn hier einer in der Position war, den anderen willkommen zu heißen, er das war. Danach versuchte ich, mich mehr auf das zu konzentrieren, was er mir erzählte, aber ich verlor den

Faden, das hat er gemerkt, hat sich freundlich verabschiedet und seinen Spaziergang fortgesetzt.

Ich war auf dem Weg zu dir, als ich über die französische Sprache nachdachte und vor einem griechischen Fremden stehen blieb. Ich zögerte lange, ehe ich ihn ansprach. Lange ist relativ, und ich hasse diesen Begriff, obwohl es stimmt, dass die Zeit relativ ist, denn in Wahrheit war es nur eine Sekunde, während die Gedankengänge in meinem Kopf mindestens eine Woche gedauert haben.

Ich wusste nicht, ob ich stehen bleiben und ihm meine Hilfe anbieten sollte. Er stand gefährlich über seinen Schuh gebeugt, und als mein Blick dem seinen folgte, sah ich den offenen Schnürsenkel. Ich bekam Angst, er könnte das Gleichgewicht verlieren, sich den Hals oder einen anderen Knochen brechen und sterben bei dem Versuch, seinen Schnürsenkel zu binden, aber trotzdem fürchtete ich, es könnte für ihn demütigend sein, wenn ich anböte, ihm den Schnürsenkel zu binden wie einem Kind, das noch keine Schleife machen kann. Normalerweise soll man ja höflich sein, aber es gibt Formen der Höflichkeit, durch die man die Unfähigkeit des anderen herausstreicht und die Aufmerksamkeit darauf lenkt, wie leichtsinnig es ist, dass er es so machen will wie früher, wie damals, als er noch jung war und sich ganz einfach nach seinem Schnürsenkel bückte, ohne zu ahnen, dass diese Haltung eines

Tages halsbrecherisch sein würde, weil alles sich abnutzt, auch seine Knochen. Da ich aus einer Kultur komme, in der man sich für das Altwerden schämt, konnte ich mich also nicht entscheiden, ob es besser war, meinem Nächsten zu helfen oder über seine alten Knochen einfach hinwegzusehen.

Aber dann dachte ich an dich – es war leicht, an dich zu denken, weil ich ja auf dem Weg zu dir war –, und ich wusste, du wärst ohne Zögern stehen geblieben, um einem alten Mann den Schnürsenkel zu binden, der drohte, über seinem Schuh das Gleichgewicht zu verlieren und vielleicht das Leben. Du hättest ihn nicht einmal um Erlaubnis gefragt, du hättest mit einem Lächeln zu ihm gesagt: „Erlauben Sie, Monsieur, ich mach das schon." Und das wäre charmant gewesen. Charmant. Ich kann das nicht, charmant sein, das hast du mir schon zu verstehen gegeben, aber ich kann deinem Beispiel folgen, also blieb ich nach einer Sekunde – oder einer Woche, je nachdem – stehen und sagte: „Erlauben Sie, Monsieur, ich mach das schon." So war das. Manchmal zwingt einen die Menschenliebe dazu, sich anderen aufzudrängen. Andere *zwingen*, etwas anzunehmen. Das praktizierst du täglich.

Wenn du als Frau dem Griechen in der Gefahrensituation begegnet wärst, hätte das Geschlecht eure Beziehung sofort durcheinandergebracht, es wäre zu einer Genusverwirrung gekommen, man kommt so leicht durcheinander mit dem Geschlecht, besonders, wenn Gefahr mit im Spiel ist, daher meine Verunsicherung in Bezug auf das Geschlecht der Dinge.

Vielleicht haben wir den Dingen ein Geschlecht gegeben, um uns zu rächen.

Heute Morgen hatte ich mich wieder einmal darüber gewundert, dass ich nicht im Schlaf gestorben war, und wie üblich wusste ich nicht, ob ich mich darüber freuen oder es bedauern sollte. Man darf mein mangelndes Interesse am Leben auf gar keinen Fall dramatisch sehen. (Seltsamerweise verurteilt man ja Leute, die das Leben nicht als Geschenk betrachten. Das werde ich nie verstehen. Aber das Thema hatten wir schon.)

Kaum war mir also klargeworden, dass mein Leben an diesem Morgen weitergehen würde, da spürte ich schon, wie sehr meine Pflichten mich belasteten. Bei diesen Pflichten handelte es sich hauptsächlich um solche aus dem Bereich der Anschaffungen. Ich würde Dinge einkaufen müssen. An sich müsste einen das Konsumieren ja nicht belasten, wenn man über die nötigen Mittel verfügt. Dennoch schien es mir an diesem Morgen Heldenmut zu erfordern. Vielleicht lag es am Herbst. Große Müllsäcke und einen Rechen, um Haufen aus welkem Laub zu machen, die ich anschließend in die großen Müllsäcke füllen würde. Es ging darum, ein Versprechen zu halten. Von Zeit zu Zeit halte ich gern ein

Versprechen. Ich würde also, wie ich es meinen Mietern versprochen hatte, das welke Laub zusammenrechen, woran sie schon nicht mehr glaubten. Meine Mieter mögen es, mich an meine Pflichten als Vermieter zu erinnern, das bringt unser Verhältnis ins Lot. Ich würde raus auf die Straßen gehen müssen, mich dort den Verkehrsampeln und den Fußgängern aussetzen, würde Geschäfte betreten müssen, auswählen, nochmal auswählen, möglicherweise vergleichen, dem Blick des Kassierers oder der Kassiererin begegnen, zahlen und wieder gehen, nachdem ich meine bescheidene Kraft genossen hatte, meine Kaufkraft, die aus Objekten der Begierde Eigentum macht, wieder einmal Eigentümer sein und mich jämmerlich fühlen. *Ihnen auch einen schönen Tag.*

Ich hielt also in der einen Hand den Rechen, der zu meinem Rechen geworden war, und in der anderen eine Absurdität: eine Plastiktüte, die Plastiktüten enthielt. Ich dachte, dass ich besser nach Hause gehen sollte, um meine Neuanschaffungen dort zu verstauen, als mit diesem Rechen, mit dem ich aussah wie ein Idiot, bei unserer Verabredung zu erscheinen. Denn mit einem Rechen in der Hand, der seinen Zweck nicht erfüllt, sieht man aus wie ein Idiot. Ich weiß schon, es hätte dich nicht gestört, wenn ich mit einem Rechen in der Hand ins Restaurant gekommen wäre, du hättest nicht einmal mit der Wimper gezuckt, du hast längst schon verfügt,

dass ich ein Original bin, was jede Menge Sonder-
rechte mit sich bringt, aber ich wollte den Rechen
trotzdem vor unserem Treffen loswerden.

Ich verstaute den Rechen in der Garage, deren
Eigentümer ich ebenfalls bin, da sie zu der Wohnung
gehört, die ich besitze. Ich lächelte unbewusst, das
spürte ich an den Rissen in meinen Mundwinkeln,
und dadurch wurde mir klar, wie mich die Vorstellung, Eigentümer zu sein, immer noch amüsiert. Es
amüsiert mich, dass meine Eltern mich unbedingt
zum Eigentümer machen wollten. *Immobilien sind
eine gute Geldanlage.* Sie haben mir den Schlüssel
mit dem gleichen Nachdruck übergeben, mit dem
sie mir früher die Finger geöffnet haben, um mir ein
Obst in die Hand zu drücken. Oft eine Banane. *Geh
nicht mit leerem Magen aus dem Haus.* Morgens
hatte ich nie Hunger.

Das Messer. Die Gabel. Das Weinglas. Die weiße
Serviette. Wasserglas. Musik. Stuhllehnen. Frisur.
Was ist das gleich wieder für ein Lied.

Mann alleine. Zeitung. Liest er sie wirklich. Drei
Freundinnen. Eine abseits, scheint mir. Nicht so
hübsch wie die beiden anderen. Zufall. Oder nicht.
Ein Paar. Sind sie glücklich. Wie lange sind sie schon
nicht mehr glücklich. Wein. Es ist so weit, sie haben
die Terrasse geschlossen. Bald wird es kalt. Ich habe
Flecken auf den Händen. Auf die Uhr schauen. Die

Dinge registrieren. Die Zeit registrieren. Immer mehr Flecken auf meinen Händen. Ich bin nicht so alt wie meine Hände, die sind vor mir gealtert. Er kommt zu spät, klar. Das Paar spricht eine fremde Sprache. Er kommt immer zu spät. Russisch, Polnisch, keine Ahnung. Als kleines Mädchen hatte ich eine Freundin, die war Polin, damals, als Johannes Paul II. Papst war. Ich beneidete sie darum, dass sie aus Polen kam wie unser Papst. Wie konnte ich nur an Gott glauben. Ich sollte nie pünktlich kommen. Stattdessen komme ich normalerweise immer zu früh, weil ich ständig Angst davor habe, zu spät zu kommen, und so warte ich, weil mein Zufrühkommen sich zu seiner Verspätung addiert, statt einer halben Stunde über eine Stunde auf ihn. Jedes Mal. Trotzdem werde ich aufstehen müssen, seinem Körper aufrecht gegenübertreten, lächeln und alles tun, was man so tut, um zu signalisieren, dass nichts zwischen uns steht, mich dem Kodex unterwerfen, den Regeln der Gesprächseröffnung, und wie geht's dir, was gibt's Neues, und später, wenn wir etwas trinken, wird es schon ein bisschen leichter sein, aber dann werde ich es schon nicht mehr erwarten können, aufzustehen und zu gehen, und wer zahlt, er wird der Form halber darauf bestehen, dann werde ich vorschlagen, dass jeder seinen Anteil bezahlt, irgendwo muss man schließlich anfangen, warum nicht mit getrennten Rechnungen. Anschließend wird er mir die Schlüssel zurückgeben.

Warum miteinander essen. Eine Trennung nach allen Regeln des Anstands.

Und schon wird er mir fremd vorkommen. Und schon werde ich aufs Neue anfangen, Liebe für ihn zu empfinden, im positiven Sinne, eine Liebe, wie ich sie für alle Fremden empfinde, die mir begegnen. Dummerweise sind mir Fremde lieber als alle anderen, das ist eine Frage der Intimität.

Ein komplizenhaftes Lächeln des Obers. Ein Lächeln, das besagt *na der lässt Sie aber warten Ihr Freund mehr als eine halbe Stunde Verspätung…*

Der, auf den ich warte, ist nicht mein Freund, Herr Ober. Und ich brauche Ihre Vertraulichkeit nicht, auch nicht Ihre Fürsorglichkeit oder Ihr Mitleid, sowas stört mich.

Verbrechen aus Leidenschaft. In den Zeitungen würde man lesen *Verbrechen aus Leidenschaft*. Dermaßen dramatisch, dermaßen menschlich, weil Menschlichkeit keinen Schmerz erträgt. Letzter Ausdruck der Amour fou. Getrübtes Urteilsvermögen. Negierung der Individualität des Anderen. Ich stelle mir gerne vor, dass er mich eher aus Liebe töten würde, als mich gehen zu lassen.

Zum Glück gibt es unveränderliche Wörter, da kann man durchatmen. Für sich genommen sind sie freilich eher nichtssagend, aber ihre Unveränderlichkeit ist beruhigend in einer Welt, wo alles eben gerade veränderlich ist. Sobald man glaubt, ein Prinzip, ein System begriffen zu haben, versteht man es schon nicht mehr, deshalb komme ich kaum voran. Trotzdem, das musst du zugeben, ist es schon vorgekommen, dass ich ziemlich redselig war. An dem Tag, an dem ich mich vor dir aufgepflanzt habe, fast ohne Hoffnung, und ich habe auf dich eingeredet, sehr schnell, für den Fall, dass du meiner Worte müde wirst, ehe ich einen Satz zu Ende gebracht habe, ich hatte es eilig, dich zu treffen und mich dir zu erklären *aber es gelingt mir nie zu sagen was ich wirklich sagen will genau deshalb wollte ich mich in Ihre Französischkurse einschreiben zwischen den Immigranten es ging mir darum ganz von vorne anzufangen und gut Französisch zu lernen wie sie nochmal von vorn anfangen mit der Angleichung von Genus und Numerus ich glaube ich habe genau wie die Immigranten das Recht auf eine zweite Chance Sie werden jetzt sicher höflichkeitshalber sagen dass ich schon Französisch spreche aber ich finde nicht dass ich wirklich spreche jedenfalls nicht meinen Anforderungen entsprechend die wie ich zugebe sehr hoch sind was meine Muttersprache und die Mutterschaft im Allgemeinen betrifft.*

Du hast gelacht und mich mit vor Erstaunen rund geweiteten Augen angestarrt, als wäre ich staunenswert, und das hat mir sehr gefallen, diese Art Blick, der da auf mir lag, als wäre ich alles andere als eine Selbstverständlichkeit.

Und wenn sich alles umkehren würde, ich meine die Geschlecht der Dinge, die Genus der Wörter, die Menschen, Tiere, Objekte und Begriffe bezeichnen? Wenn wir, du und ich, ohne anderen Rechtfertigung als den Freuden an einer Experiment, beginnen würden, auf diesen Weise miteinander zu sprechen, vielleicht würden die Begriffe selbst uns unter einer neuen Blickwinkel erscheinen. Vielleicht würden wir durch diesen neuen Sprache entdecken, dass manche Wörter weniger Angst machen, wenn sie die Geschlecht ändern, oder auch auf geheimnisvollen Weise die Herz dessen treffen, was sie bezeichnen, oder besser noch, dass unsere Wortwechsel in neuer Gewand uns einander fremd machen, uns schließlich isolieren würden in einem Blase der Verstehen und des Intimitäts. Aber damit das funktioniert, müssten wir systematisch vorgehen, wir müssten sehr konzentriert sein, und ich weiß nicht, wie es dir damit geht, aber ich bin schon nach einem Minute müde und durcheinander und verstehe die Sinn der Spiel nicht mehr und mich selbst auch nicht.

(Das ist ja wohl der Beweis dafür, dass man ein Gehirn nicht so ohne Weiteres umprogrammieren kann, und das ist schade.)

Ich habe es nicht ausgenutzt, dass du mich aufgenommen hast, und auch nicht deinen Unterricht, ich habe mich ganz hinten in die Anfängerklasse gesetzt und deine Französischkurse besucht. Ich muss sagen, deine Persönlichkeit stellt deinen Unterricht in den Schatten. Normalerweise ist es umgekehrt: Die Lehrerin in der Schule steht nur für das, was sie unterrichtet. Aber bei dir vergisst man, dass du unterrichtest, weil du vor allem anderen ein guter Mensch bist.

Es ist schwer, mit deiner Menschenliebe umzugehen. Schnell schöpft man Misstrauen, schnell hat man das Gefühl, in deiner Schuld zu stehen, schnell versucht man, noch besser zu sein, was einem natürlich nicht gelingt, man scheitert mehrmals täglich, und dann ertappt man sich eines Morgens dabei, dass man unausstehlich geworden ist als Reaktion auf diese unerträgliche Menschenliebe.

Ich möchte gern mit dir reden Mama ich muss mit dir reden es ist sehr wichtig dass ich mit dir rede Mama aber wir müssten erst eine ich weiß auch nicht fast vertrauliche Atmosphäre schaffen wir müssten sozusagen schlagartig zu einer Vertrautheit finden einer Art blitzartigen Annäherung hm Mama glaubst du wir schaffen das wir haben nur noch ein paar Minuten ich weiß aber da die Zeit relativ ist kann das in unseren Köpfen ein Jahr sein wenn du willst ein Jahr in unseren Köpfen damit wir beide lernen miteinander zu reden aber du stirbst Mama hab ich recht du stirbst gerade sag mir schnell wie sich das anfühlt entschuldige dass ich so ein neugie-

riges Mädchen bin aber wie fühlt sich das an schnell
sag's mir wenn man stirbt Mama.

Ich wollte eine Straße überqueren auf dem Weg zu
dir, ich war noch sehr weit weg vom Ort unserer
Verabredung, aber ich möchte betonen, dass ich in
die richtige Richtung ging, da ich den Rechen und
die Tüten schon zu mir nach Hause gebracht hatte,
ich ging also in Richtung unseres Treffens.

Da kam ich an einer Bank vorbei, die ihre Arme
für mich ausbreitete, und setzte mich. Ich war müde.
Das ist ja mal nichts Neues, hättest du gesagt, und
es stimmt, ich bin fast immer müde. Ich würde sogar sagen, es liegt gerade an ihrer Vitalität, dass
mir andere Leute vollkommen fremd vorkommen,
wenn ich sie beobachte, ja, ihre Vitalität macht in
meinen Augen ihre Fremdartigkeit eigentlich aus.
Die Leute scheinen mir unermüdlich, geradezu besessen davon, irgendetwas zu tun, und ich bin schon
erschöpft, wenn ich ihnen nur beim Leben zusehe.
Leider genießt die Müdigkeit wenig Ansehen, vergli-
chen mit der Abscheulichkeit, der Gottlosigkeit oder
der Bedürftigkeit. Manchmal hält man mich für
faul. Aber zum Faulsein benötigt man eine Energie,
die mir fehlt. Untätigkeit ist eine Widerstandskraft,
während ich gegen gar nichts Widerstand leiste, ich
mache ganz einfach nicht mit.

In meiner Tasche ist ein Buch. Wie immer habe ich in nutzloser Voraussicht ein Buch eingepackt, das ich nicht lesen werde. Es ist mir unmöglich, in der Öffentlichkeit zu lesen, ich verstehe nicht, wie andere Leute das machen. Dabei ist, wer liest, in der glücklichen Lage, beschäftigt zu sein, ihm bleibt die Ungeduld erspart beim Warten auf jemand Unpünktlichen, ihm bleibt die Frage erspart, wohin mit den Augen in einem Restaurant, wo es vor Blicken nur so wimmelt, vor allem bleibt ihm die Peinlichkeit erspart, dem komplizenhaften Blick des Kellners zu begegnen, der weiß, dass man wartet, aber trotzdem werde ich nicht lesen, das Lesen versetzt mich in einen Zustand, den ich für nicht salonfähig halte. Ich empfinde Lesen als das genaue Gegenteil von Entspannung. Mein Herzrhythmus beschleunigt sich, ich schwitze, bekomme keine Luft mehr, werde rot, vergesse zu schlucken, manchmal übergebe ich mich sogar, also ist es für mich selbstverständlich ausgeschlossen, in der Öffentlichkeit zu lesen, selbst wenn ich eine Dreiviertelstunde Wartezeit zu überbrücken habe. Er müsste ohnehin jede Minute kommen.

Ich habe einmal einem Arzt von diesem Phänomen erzählt, ich habe ihm die Symptome beschrieben, und seine erste Reaktion war, mich zu fragen *Aber was lesen Sie denn, Madame? Erotische Literatur?* Mir war sofort klar, dass dieser Arzt nicht das nötige Format hatte, ich habe die Praxis auf der

Stelle verlassen. Dieser Idiot glaubte offenbar, er habe es mit jemandem zu tun, der mit Erotik nicht klarkommt, was zwar zutrifft, aber in keinerlei Zusammenhang mit meinem Leseproblem steht.

Ein anderer Arzt, eine Frau diesmal, erzählte mir etwas von Legasthenie. Eine Art nicht diagnostizierter Legasthenie, und deshalb sei meine extreme Anspannung beim Lesen das Ergebnis außergewöhnlicher, beinahe athletischer Anstrengungen, die mein Gehirn erbringe, um die Buchstaben, Silben, Wörter und Sätze zu entziffern. Sie riet mir, einen Logopäden aufzusuchen, aber das habe ich nicht getan. Ich begnügte mich mit dieser Hypothese und trieb meine Nachforschungen nicht weiter. Zuerst glaubte ich, dass ich es aus Feigheit oder Nachlässigkeit dabei beließ, aber wenig später gestand ich mir ein, dass ich in Wahrheit vor allem nicht geheilt werden wollte. Im Grunde legte ich Wert auf diese besondere Eigenschaft, beim Lesen ein Unwohlsein zu empfinden, und um nichts in der Welt wollte ich, dass das Lesen für mich zu einem Moment ganz gewöhnlicher Entspannung würde. Ich fühlte mich im Gegenteil privilegiert durch meinen Zugang zu diesen Momenten der Ekstase und des Taumels, von denen ich zugegebenermaßen erschöpft zurückkehrte, aber jedes Mal auch verändert und jedes Mal ganz scharf darauf, so schnell wie möglich dorthin zurückzukeh *Möchten Sie noch immer nichts trinken, während*

Sie auf ihn warten? Gut, schön langsam wird's peinlich, da kann ich ebenso gut etwas trinken, dann habe ich meine Ruhe und außerdem kommt er dann bestimmt sofort.

Gern, ich nehme einen Kir, bitte.

Ich habe einen Kir bestellt, als hätte ich Lust darauf, aber eigentlich mag ich gar keinen Kir, jedes Mal, wenn ich an einen Kir denke, mag ich die *Vorstellung* von Kir, ich mag das Wort, die Farbe, die mir in den Sinn kommt, die Form des Glases, und mir fällt nie rechtzeitig ein, dass ich Kir nicht mag. Man könnte auch sagen, ich bin unfähig, Entscheidungen zu treffen, und das gilt für alle Bereiche meines Lebens.

Du kultivierst so dermaßen altmodische Tugenden das finde ich rührend, ach ja und was sind das für Tugenden, Zurückhaltung Feingefühl Anmut so Sachen und deshalb bist du alleine weil du die Einzige bist die daran glaubt die darauf Wert legt viel mehr als auf die Ekstase der alle hechelnd hinterherrennen, aber was redest du denn da ich will doch auch Ekstase, aber du verhältst dich wie eine die an Gott glaubt eine die sich nach einem Moralkodex richtet der ihr den Himmel verspricht oder sie vor Strafe bewahrt je nachdem von welcher Seite man es betrachtet aber jedenfalls wie jemand der versucht einer unsichtbaren guten und trotz allem cholerischen Macht

zu gefallen ganz wie man sich einen Gott vorstellt
der zwischen Drohung und Verheißung schwankt,
du redest doch Blödsinn ich glaube nicht an Gott,
genau du bist die größte Atheistin von uns allen also
wem versuchst du dann zu gefallen, ich versuche
nicht zu gefallen und das weißt du sehr gut, dir sollte
nämlich schon klar sein dass all diese Tugenden die
du auf Biegen und Brechen kultivierst niemanden
vom Hocker reißen nein wirklich sie schüchtern zu
sehr ein sie schrecken zu sehr ab sie stehen zu sehr im
Gegensatz zu unseren elementaren Trieben und ehr-
lich gesagt langweilen sie uns du langweilst uns mit
deinen Tugenden die niemand braucht im Gegensatz
zum Humor zur Zielstrebigkeit zur Sinnlichkeit zur
Spontaneität zur Aufrichtigkeit zur Leidenschaft zur
Kreativität all diese Modetugenden die den Vorteil
haben unmittelbar zu wirken also wenn du irgend-
wann den Atheisten gefallen willst oder auch nur
den Agnostikern all denen die nicht an Verheißung
glauben und keine Angst haben bestraft zu werden
dann wirst du dir andere Tugenden suchen müssen,
du redest wirklich zu viel.

Schon das Wort *freiberuflich* ließ an eine lässig-
leichte, fast bukolische Geste denken, hier und da etwas Arbeit einsammeln, je nach Lust und Laune, und
dann grundlos stehenbleiben, sich auf den Rücken
legen und die Arme hinter dem Kopf verschränken,
nicht dass ich diese Stellung für besonders gemütlich

hielte, ich habe das schon ausprobiert, aber die hinter dem Kopf verschränkten Arme sind für mich der äußerste Ausdruck von Entspannung und Müßiggang. Als ich Übersetzung studieren wollte, musste ich eine zweite Sprache wählen. Welche Sprache, war mir gleich, denn was mich interessierte, war die Vorstellung, sie ins Französische zu verwandeln. Etwas französisch machen, was es ursprünglich nicht war. Es zurückführen in meine Muttersprache, in den Worten meiner Mutter versinken.

Wer sind wir wirklich füreinander? Schmeichelhafte Spiegel, die noch unsere kleinsten Makel verklären, bis sie es müde sind, uns schöner zu machen, als wir in Wahrheit sind, bis sie sich trüben oder zu Scherben zerspringen und unser Spiegelbild für immer zerstören. Und dann versucht man vergeblich, es wieder zusammenzusetzen, aber die Stücke geraten durcheinander und unser Gesicht wird nie mehr dasselbe sein. Nie mehr.

Mit einem anderen Gesicht also habe ich mich fortan der Welt gezeigt, ihren Passanten, ihren Mietern, ihren Händlern, von einem Morgen auf den anderen, von einem Einkauf auf den anderen, und niemand hat gemerkt, dass ich nicht mehr dasselbe Gesicht trug, was beweist, dass die Leute einander nicht ansehen, natürlich, sie sind ja zu sehr beschäftigt damit, nach ihrem eigenen Spiegelbild zu spähen, ganz gleich, wohin sie blicken, sie sehen nichts anderes, aber wie sollte man ihnen das vorwerfen, sie können doch nicht laut losschreien, um der Welt mitzuteilen, dass sie auf der Welt sind, das haben sie doch schon bei ihrer Geburt getan, und es hat nichts gebracht. Selbst meine Mutter hat mich wiedererkannt, was zeigt, wie wenig sie mich noch ansah.

Ich verstehe, dass sie aufgehört hat, mich zu sehen. Meinetwegen sind ihre Augen schlechter geworden, weil ich ständig um ihren Blick bettelte. Sie ist müde geworden, das ist normal. Hingabe ist anstrengend. Manche Kinder erfordern viel Aufmerksamkeit. Aber nichts ist vergleichbar mit dem, was ich meiner Mutter abverlangte.

Ich schlief nicht. *Dieses Kind schläft nicht.* Sie sagte das so, wie man etwas vor sich hinsagt, das man ein für alle Mal zugeben muss, etwas Unwiderrufliches, einen Satz, bei dem als Vorspann mitschwingt: *Sie werden es nicht glauben, aber.* Und so musste sie also bei mir bleiben bis ans Ende der Nacht, mir dabei zusehen, wie ich nicht schlief, und wenn ich sie mit geschlossenen Augen ertappte, brüllte ich los, und sie schreckte auf und sagte *ich schlafe ja nicht ich schlafe nicht meine Süße,* aber damals wusste ich noch nicht, dass das eine Foltermethode ist, man darf mir also keine Bösartigkeit unterstellen. Ich hatte einfach Angst vor dem Schlafen, und ich hatte Angst, wenn ich die Einzige war, die nicht schlief.

Ich kämpfte gegen den Schlaf, denn die Aussicht auf ihn machte mir Angst, und ich wusste, dass ich ihn besiegt hatte, wenn ich die ersten Vögel hörte, wie sie den Tag verkündeten.

Ich habe niemals eine klassische Beziehung zu den Naturelementen gepflegt. Das heißt, ich habe niemals das Bedürfnis verspürt, einen Berg zu erklimmen, ins Wasser zu springen, eine Blume zu pflücken oder das Fell eines Pferdes zu berühren (zum Beispiel). Ich bin eher der Typ Mensch, der die Natur zur Kenntnis nimmt, ohne ihr nahe sein, sie verändern oder besitzen zu wollen. Daraus wird manchmal zu Unrecht vereinfachend geschlossen, die Natur sei mir gleichgültig oder mache mir Angst.

Meine Eltern fühlten sich unwohl, wenn wir unsere Ferien am Meer verbrachten. Sie glaubten, ich hätte Angst vor dem Wasser, und sagten mir immer wieder, die Wellen seien ungefährlich, sie würden mich nicht aufs weite Meer mitreißen, die Krabben würden mich nicht zwicken, die Quallen seien ganz weit draußen, bei den Haien, und *ich halt dich an der Hand du wirst sehen,* sagten sie und sandten Blicke aus, mit denen sie die euphorisch Badenden und zur Sommerfrische Begabten um ein wenig Unterstützung oder Bestätigung anbettelten. Meine Eltern, die ihre ganze Kindheit *auf Beton* zugebracht hatten, träumten davon, ihrem Kind dabei zuzusehen, wie es sich ins Wasser stürzte und den Sand zu Löchern oder Hügeln verschob, die Gräben und Schlösser darstellen sollten, aber ich war dazu nicht fähig. Meine Mutter, die mir unbedingt die Freuden des Strandlebens schmackhaft machen wollte, wich also aufs Muschelnsammeln aus. Wir bewaffneten uns mit einem Plastikeimer, in den wir, so ihr Plan, die schönsten Muscheln hineinlegen sollten, oder die außergewöhnlichsten, sofern sie kein Lebewesen mehr enthielten, sie anschließend aufs Zimmer bringen und betrachten und uns gegenseitig beglückwünschen, voller Begeisterung darüber, dass wir übelriechende, makabre und trostlose Feriensouvenirs besaßen *aber warum weinst du denn der macht mich noch verrückt dieses Kind macht mich noch verrückt.*

Es war mir nicht klar, dass ich ihnen die Ferien verdarb, meinen Eltern, die so hart gearbeitet und sich darauf gefreut hatten, ein goldbraunes, halbnacktes Kind an der Hand zu halten, ein Kind, das vor Freude kreischen sollte angesichts der herannahenden Wellen, die größten kommen sehen und herbeiwünschen, um sie anschließend mit seinem kleinen Körper siegreich zu brechen.

Das Glück des Kindes, das man mit zum Strand nimmt. Ich verweigerte ihnen dieses lautstarke, deutlich sichtbare, sommertypische Glück und legte so einen Schatten über ihre Ferien und damit über ihr Leben, da dieses Leben im Wesentlichen aus dem Planen dieser Ferien, aus der Vorfreude darauf, der Erinnerung daran und dem Erzählen davon bestand, denn die übrige Zeit zählte man nicht, man zählt nicht die Zeit der schweren Arbeit, die nur dazu da ist, von den nächsten Ferien zu träumen, man zählt sie nicht, weil sie zum Weinen wäre.

Um mir Lust aufs Meer zu machen, sagten mir meine Eltern *Weißt du es gibt Kinder die werden das Meer niemals sehen.*

Diese Logik begriff ich überhaupt nicht. Nur, weil andere das Meer niemals sehen würden, sollte ich es umso mehr lieben. Anders gesagt, sollte ich mich darüber freuen, etwas zu haben, was andere nicht hatten, eben weil diese es nicht hatten. Das unschätzbare Geschenk, das meine Eltern mir machten, war also nicht das Meer an sich, sondern vielmehr die Kinder, die es nicht sahen. So brachte man mir bei, dass ich diesen Kindern, für die ich mich im Übrigen weitaus mehr interessierte als für das Meer und seine Vögel, etwas schuldete.

Ich war also ein Badegast mit besonderen Bedürfnissen, unfähig, meinen Eltern die Freude zu schenken, die ihnen ihrer Meinung nach zustand, noch spontane Dankbarkeit für die Salzluft, die sie mir jeden Sommer boten, oder die überschäumende Begeisterung, die man am hellen Kreischen und vergnügten Fußgetrappel erkennt, und in der Eltern normalerweise in Momenten der Mutlosigkeit schwelgen.

Ich dachte mir, dass meine Eltern mich mehr geliebt hätten, wenn ich nur Nicolas Lamarre gewesen wäre.

Bevor ihre Augen gelb wurden, schwamm meine Mutter oft weit hinaus. Ich wartete auf sie, weinte, ließ sie nicht aus den Augen, und trotzdem verschwand sie irgendwann. Obwohl ich ihr mit aller Kraft nachsah, verschwand meine Mutter. Ich war in Panik, meine Mutter so weit draußen, meine Mutter auf offener See, klar war sie *eine hervorragende Schwimmerin,* aber hat man nicht schon bestürzt von so manchen Ertrunkenen gesagt: *dabei waren sie hervorragende Schwimmer?* Und es sogar wiederholt, denn wir neigen dazu, zu wiederholen, was uns widersinnig erscheint. *Sie war eine hervorragende Schwimmerin.*

Ich hatte Angst, war aber auch wütend, weil ich ihr nicht nachschwimmen konnte und nicht verstand, warum meine Mutter, die aufs Unendliche zuschwamm, versuchte, diesen Abstand zwischen sich und der Welt herzustellen, von der ich ein Teil war.

Wenn sie nach zwei Stunden zurückkkam, war ich ebenso hin- und hergerissen zwischen der Erleichterung über ihr Wiederauftauchen und der Verachtung für den Zustand, in dem ich sie dann vorfand, triefend, außer Atem, die Augen in einem seltsamen Licht strahlend, wie gesättigt von Vergnügen, einem Vergnügen, dessen ich mich schämte, weil es offensichtlich ein fleischliches war, also vielleicht ein sexuelles, ein Vergnügen, von dem ich nur verstand, dass ihm ein Geheimnis innewohnte, ein Vergnügen, das mich zugleich schockierte und hypnotisierte, weil dieses Vergnügen meiner Mutter, wie sie da dem Wasser entstieg, die Vorstellung verkörperte, die ich mir von der Sexualität machte, meine Vorahnung der Sexualität. Ich war zehn Jahre alt und hatte den Eindruck, dass meine Mutter nach ihren Schwimmausflügen ihr nasses und glückliches Geschlecht vor aller Welt und vor mir zur Schau stellte. Also war meine Mutter mehr denn je, mehr als bei ihrem Eintauchen ins Wasser jenseits des Horizonts, für mich unerreichbar. Trotzdem umarmte sie mich, ihr langes, sündiges Haar fiel nass auf meine Schultern, und plötzlich stieß ich sie mit all meiner Kraft zurück, mit einer Heftigkeit, die ihr zugleich den Atem und das Vergnügen nahm, und ich rannte ins Badezimmer und schloss mich ein.

Er hat mir einmal gesagt, wir würden, wenn ich wollte, ein Kind haben, das wir mit zum Strand nehmen könnten, und wir würden ihm beibringen zu schwimmen, Sandburgen zu bauen, Möwen aufzuscheuchen, wir hätten ein Picknick dabei und Sonnencreme und den Eimer für die Muscheln. Er hat

31

mir gesagt, ich würde die Sonnencreme auf dem Rücken unseres Kindes verteilen und unser Kind würde die Augen schließen, um meine Hand besser auf seinem Rücken zu spüren, meine Hand, die zur Hand seiner Mutter geworden wäre, und ich würde es langsam streicheln, um die Sonnencreme überall gut zu verteilen und keine weiße Spur zu hinterlassen, aber auch, um das Gefühl seines Rückens unter meiner Hand in mich aufzusaugen, des Rückens unseres Kindes in diesem Sommer, weil ich nur zu gut wüsste, dass es schon im Sommer darauf nicht mehr derselbe Rücken sein würde und auch nicht dasselbe Kind, weil Kinder, ihre Rücken und der Rest sich verändern von einem Sommer zum nächsten, das ist ja bekannt.

Warum willst du ein Kind, um es mit zum Strand zu nehmen, man macht kein Kind um es mit zum Strand zu nehmen, ach nein wozu denn dann, ich habe keine Ahnung.

Im Zimmer Nummer 12, das weiß ich noch, habe ich eine Muschel in die Hand genommen und das Tier beneidet, das darin wohnte. Ich wäre gern wie das Tier irgendwo drin gewesen, wo ich das Rumoren der Welt nur gedämpft gespürt hätte, ja, wie die Muscheln und Schalentiere, die etwas zum Schutz gegen den Aufprall haben, wenn die Wellen sie gegen die Felsen werfen.

Unser Skelett schützt ja herzlich wenig. So ein kleiner Käfig, der gerade mal das fasst, was wir zum

Atmen brauchen. Unsere Anatomie scheint mir ausgesprochen schlecht an die Lebenswirklichkeit angepasst. Manchmal packe ich ihn, diesen Käfig, und schüttle ihn, um zu prüfen, ob meine freien Rippen wirklich frei sind, aber nein. Scheinbar nicht. Es gab eine Zeit, als ich zum Entsetzen meiner Mutter noch viel mehr überprüft habe. *Du wirst dir noch ernsthaft wehtun.* Ich steckte meine Finger überall hinein, selbst an verbotenen Stellen, einmal wollte ich bis hinter die Augen greifen, einen Augapfel herausnehmen und ihn in meine hohle Hand legen, um sein Gewicht zu spüren, es ist mir nie gelungen.

Dann habe ich eine zweite Muschel genommen, so eine, in der man angeblich das Meer rauschen hört. Ich habe mir die Muscheln an beide Ohren gehalten. Meine Mutter erzählte uns gerade eine schreckliche Geschichte, die von der kleinen Meerjungfrau, und ich wollte sie nicht hören. Meine Schwester hingegen passte brav auf. Ich habe die Muscheln immer fester gegen meine beiden Ohren gepresst, aber ich konnte das Meer immer noch nicht hören, also habe ich die Muscheln wieder abgenommen. Als meine Mutter zu mir herübersah, um sich zu vergewissern, dass ich auch schön der Gruselgeschichte lauschte, die sie uns vorlas, stand ihr plötzlich das Entsetzen im Gesicht. (Sie glaubte, ich hätte die Erkundung meines eigenen Körpers so weit getrieben, dass ich innerlich blutete, aber ich blutete äußerlich, denn ich hatte mich durch den Druck auf die Muscheln geschnitten, sie hatten zwei saubere, glatte Schnitte hinter meine Ohrmuscheln gesetzt.) Ich hätte diesen Gesichtsausdruck meiner Mutter gerne länger gesehen, aber sie erkannte rasch ihren Irrtum und schimpfte mich. *Warum hast du das nur gemacht warum warum warum.*

(Weil, ganz gleich, was man behauptet, die kleine Meerjungfrau zwei Beine haben wollte, um die Beine breit zu machen, sie wollte nicht gehen oder laufen, das kann mir keiner erzählen, sie wollte es treiben, die kleine Meerjungfrau, ganz klar, was sonst sollte man so leidenschaftlich wollen.)

Aber vielleicht ist meine Muttersprache im Grunde gar nicht Französisch. Vielleicht hat man mir so, wie man aus Linkshändern gewaltsam Rechtshänder macht, eine Muttersprache aufgezwungen, die mir fremd bleiben wird, in der ich mich nicht wohl fühlen werde und die mir nie eine Mutter sein wird, ein ganzes Leben lang und allen Illusionen zum Trotz, wie bei den falschen Rechtshändern, die ständig gegen ihren Urtrieb ankämpfen müssen, diesen ursprünglichen Linkshändern, diesen in ihrem Grundgestus Linkshändigen, diesen armen verhinderten Linkshändern, die vielleicht niemals das schreiben oder malen können, was ihnen mit ihrer linken Hand zu schreiben oder zu malen bestimmt war.

Und dementsprechend werde ich also nie wissen, was ich dir in meiner echten Muttersprache hätte sagen können, von der ich nichts weiß, nicht einmal ihren Namen, vielleicht hätte ich mich mit ihrer Hilfe weitaus vernünftiger und einfühlsamer geäußert, man weiß es nicht.

Ich habe mehreren Frauen Französischunterricht gegeben. Eine von ihnen hat mir voller Hoffnung anvertraut, sie werde sich von nun an mit den anderen Müttern unterhalten können, die wie sie morgens ihr Kind zur Schule bringen. Sie hat oft davon geträumt, sich in diesen Kreis von Mamas zu mischen, die jede ihrem jeweiligen Kind nachwinken, dann ein paar Anekdoten austauschen, ein paar Kommentare, ein paar kleine Sorgen, lachen, sich einen schönen Tag wünschen und auseinandergehen.

Dank Ihnen kann ich jetzt mit ihnen sprechen.

Und ich habe mich gefragt, was sie ihnen wohl würde sagen können, auf Französisch, diesen Müttern im Schulhof. Würde sie ihnen erzählen, woher sie kommt und wie sehr sie ihre Mutter vermisst und dass sie sich im Winter nicht vor die Türe wagt, weil sie sich vor dem Schnee fürchtet? Sie hat Angst, für immer darin zu versinken, sie fürchtet sich vor dem Gewicht des Schnees, der den kahlen Bäumen die Äste abbricht. Sie gruselt sich vor all dem Weiß, das der Landschaft das Aussehen eines Toten verleiht. Sie sehnt sich nach den Farben, in denen die Kleider der Frauen glühen, und nach dem Duft der Früchte, die auf den Marktständen gären, sie sehnt sich nach der Teestunde, die sie nie alleine verbracht hat, sie sehnt sich nach dem Sand und den Bergen, nach den Zedern und den Blüten der Kapernsträucher, sie schafft es manchmal sogar, sich nach dem Chaos zu sehnen, das ihr das Leben unerträglich machte. Wenigstens hielt dort die Sonne, was sie versprach. Es war heiß.

Auch auf Französisch wird eine Mutter aus Québec sie nicht verstehen können. Selbst beim allerbesten Willen nicht.

… Und was machen Sie wenn Sie nicht gerade Kurse in Französisch als Fremdsprache nehmen, ich bin Übersetzer ich arbeite freiberuflich, in welche Sprache übersetzen Sie denn, ich übersetze ins Französische, ins Französische, ja ins Französische, aber das ist eine Sprache die Sie nicht beherrschen, ich weiß ich denke mir jedes Mal hoffentlich merkt es keiner.

Du hast zum zweiten Mal in unserem Leben gelacht, und ich habe es dir gesagt.

Sie haben zum zweiten Mal in unserem Leben gelacht, in unserem Leben, ja unserem gemeinsamen Leben.

Klar, darauf folgte ein langer Kuss, ungestüm und voll ungeduldiger Neugier auf das, was kommen würde.

Wenn wir in Urlaub fuhren, saß ich hinten, presste meine Stirn gegen die Fensterscheibe und wünschte, die Reise würde ewig dauern, ich wünschte mir, niemals am Ziel anzukommen, und ich teilte weder die Ungeduld meiner Eltern nach mehreren Stunden Fahrt noch die begeisterte Erleichterung meiner Schwester beim Anblick des kleinen Küstenhotels, *Schaut mal, jetzt sind wir endlich da.*

Ich sah gern, wie alles vorüberzog. Ein Feld, gesprenkelt von Pferden, als hätte jemand eine Handvoll zufällig verstreut. Felsen wie angebohrte Zähne. Großkotzige Wohnhäuser neben der Autobahn. Tote Tiere, die flach auf dem Asphalt klebten.

Ich erinnere mich an eine lebendige Möwe, die unserem Auto folgte. Jedenfalls hatte ich den Eindruck, dass sie ihm folgte. Sie flog mit genau derselben Geschwindigkeit, mit der wir fuhren, wodurch mein Fenster sie mindestens eine Minute lang perfekt rahmte, was mir das Gefühl gab, einen Dokumentarfilm über Vögel im Fernsehen zu sehen. Ich war fasziniert von dieser Möwe, die keinen besonderen Gesichtsausdruck hatte, und ich fragte mich, ob sie wusste, dass ich sie beobachtete, dass ich ein bewegungsloser lebendiger Körper im Inneren eines bewegten, aber leblosen Objekts war.

Ich war so hin und weg von dieser Erfahrung, dass ich sie sofort mit meinen Eltern teilen wollte.

Eine Möwe das ist gut meine Süße das bedeutet dass wir bald da sind.

Weder die Leberzirrhose deiner Mutter noch ihr Krebs oder noch später dann ihre gelben Augen, nichts konnte ihrer Alkoholsucht beikommen. Immer mehr, immer brannte die Kehle, jederzeit, in jedem Moment, unersättlich, verzehrt von einem unstillbaren Feuer, hat deine Mutter ihren Selbstmord lange Zeit ausgekostet. Das Klingeln sanft aneinanderstoßender Eiswürfel, ihr Knacken beim Schmelzen, das Plätschern der feinen Kaskaden, die sich aus der Flasche ins Glas ergießen, das sind die Geräusche deiner Kindheit.

Du hast mir erzählt, dass du dir als kleines Mädchen, wenn du deiner Mutter beim Trinken zusahst, vorgestellt hast, ein winziger Eisbär zu sein, der oben auf einem der Eiswürfel saß. Und langsam schmolz der Boden unter deinen vier Pfoten, schon bald balanciertest du nur noch auf zweien, weil der Eiswürfel dünn wie Papier geworden war, und dann, wenn der Eiswürfel ganz verschwunden war, bist du im Glas deiner Mutter ertrunken.

Ohne es zu wissen, hast du gewissermaßen die Eisschmelze vorausgesehen, die Klimaflüchtlinge und das traurige Schicksal der Eisbären.

Vor allem aber wolltest du buchstäblich ins Leben deiner Mutter eintauchen und ihre Leidenschaft für alles Flüssige von innen heraus verstehen. Da du sie beim Schwimmen nicht einholen konntest, wenn sie aufs Meer hinaus verschwand, hast du dich in die Flüssigkeit versetzt, die dich zu ihr führen würde, bis in die tiefsten Tiefen ihres Geheimnisses, bis mitten hinein in ihre Tiefsee. Wärst du dem Fluss gefolgt, der durch die Kehle deiner Mutter verlief, dann wärst du bald auf eine zirrhotische Leber gestoßen, die aussah, als hätte sie schwerste Verbrennungen erlitten, aber ich weiß gar nicht, wieso ich schon wieder an deine Mutter gedacht habe.

Wir waren sehr wenige bei der Beerdigung meiner Mutter, und bei meiner werden es nicht mehr sein.

Ich kam zur Feier und dachte mir, ist das alles? Ist sonst niemand da? Kommt sonst keiner mehr?

Wir waren so um die zwanzig, und das ist anscheinend normal.

Aber ja doch Madame ich versichere Ihnen das ist normal ich meine das ist üblich außer bei Kindern bei einem Kind ist es etwas anderes.

Da rede ich noch gar nicht von Sonderfällen, von besonders einsamen Leuten, von Toten, auf die man erst durch den Gestank aufmerksam geworden ist, niemand hatte ihren Tod bemerkt, ehe der Gestank dafür sorgte. Nein, ich spreche von ganz normal einsamen Leuten, durchschnittlich vereinsamten Leuten mit einem durchschnittlich besuchten Begräbnis.

Ich habe ein Problem mit Umarmungen. Dieser Hang der Leute, einander in die Arme zu fallen, ist mir wirklich unangenehm. Trotzdem ließ ich es über mich ergehen, ich nahm die begräbnistypischen Umarmungen schicksalsergeben hin und dachte, das geht alles irgendwann vorbei.

Als ich meine Mutter ansah, wie sie da in ihrem Sarg lag, wurde mir klar, dass ich noch nie darüber nachgedacht hatte, ob auch sie mir vielleicht ambivalente oder gemischte Gefühle entgegengebracht hatte. Sie wird mich wohl von ihrer blinden und anhaltenden Bewunderung für mich überzeugt haben, und erst mit ihrem Tod begann ich zu zweifeln. Ich dachte dann, was für eine Leistung, wenn eine Mutter ihrem Kind völlig überzeugend unerschütterliche Liebe vortäuscht. Selbst unter Schlafentzug war meine Mutter in der Lage, mir vollkommene Liebe vorzugaukeln, eine Liebe, die imstande war, meinen Schlafstörungen, meiner Wildheit, meinem Bocken, meinen angespannten Muskeln und meinem verkrampften Kiefer freundlich zu begegnen. Und dennoch bin ich ganz sicher, dass meine Mutter mich nicht so erträumt hatte, als ich in ihrem Bauch war, kein Mensch kann es sich erträumen, eine Tochter in die Welt zu setzen, die zu so wenig Freude fähig ist. Die Kinder unserer Träume sind nicht so wie ich.

Ich habe mich also auf die Bank gesetzt, hocherfreut darüber, dass irgendjemand einmal auf die Idee gekommen war, in den Städten, wo es keine Baumstämme zum Draufsetzen mehr gab, öffentliche Bänke aufzustellen.

Ein junger Passant sah mich einen Tick zu lange an. Anstatt weiterzugehen wie gewöhnliche Passanten, kam er näher, und ich sah in seinen Augen, dass er mich erkannte. Ohne lange nachzudenken, fixierte ich ihn in reflexartiger Nachahmung mit dem gleichen Blick. Also dachte er, dass auch ich ihn erkannte. Und je mehr sein Gesicht die Freude darüber ausdrückte, mich zu erkennen, die verdoppelt wurde durch seine Freude darüber, von mir erkannt zu werden, umso mehr übernahm mein Gesicht als Spiegel des seinen den gleichen Ausdruck ungläubiger Freude. Diese Verwechslung hielt mich mehrere Minuten lang auf, da der junge Passant sich daraufhin neben mich auf die Bank setzte, überzeugt davon, dass wir beide uns wiedererkannt hätten. Er nahm mich sogar in den Arm, in diesem Moment fiel mir auf, dass mich nie jemand in den Arm nimmt, und dann begann er, mir von Erinnerungen zu erzählen, die ihn offensichtlich glücklich machten, Anekdoten aus der Schulzeit, in denen ich vorkam, und auch wenn ich keine Ahnung hatte, wer dieser junge Passant war, der so von unserer alten Freundschaft schwärmte, ermutigte ich ihn, so gut ich nur

konnte, indem ich seinen Bericht mit lautem Gelächter unterstrich, das komplizenhaft sein sollte. Ich
verwandte viel Energie darauf, uns beide zu über-
zeugen, und war überrascht von meiner ungewohn-
ten Großzügigkeit. Ich will damit sagen, es war
klar, dass diese Simulationsübung mich schrecklich
ermüden würde, aber dennoch bemühte ich mich
von ganzem Herzen darum und war entschlossen,
den jungen Passanten glauben zu lassen, wir hätten
wahr und wahrhaftig die Vergangenheit geteilt, an
der ihm anscheinend so viel lag, er hätte wirklich
mit mir in der Oberschule auf den Putz gehauen und
ich sei der ausgelassene und fröhliche Kamerad, den
er heute durch einen außergewöhnlichen Zufall auf
dieser öffentlichen Bank wiedergetroffen hatte.

Der junge Passant hat mich dann gefragt, wie es
meiner Schwester gehe, und da habe ich alles verdorben. Ich antwortete ihm spontan, ich hätte keine
Schwester und meine Eltern hätten den Gedanken
an ein zweites Kind aufgegeben, nachdem sie mich
zum ersten Mal mit zum Strand genommen hatten.
Der junge Passant hat mich angesehen, hat die Au-
genbrauen hochgezogen, hat gesagt *bist du überhaupt Nicolas Lamarre?* Ich war gezwungen, ihm
zu gestehen, dass ich nicht Nicolas Lamarre war,
und als ich ihm meine Identität zu erkennen gab,
schien der junge Passant enttäuscht, dann beleidigt
und schließlich richtiggehend sauer. Vergeblich ver-

suchte ich mich zu verteidigen, ihm zu erklären, dass
es in keinem Augenblick meine Absicht gewesen sei,
mich über ihn lustig zu machen, dass ich im Gegenteil alles getan hätte, um ihn zufrieden zu stellen,
ihn nicht zu verärgern, mit seiner von epischen Erinnerungen getränkten Erzählung mitzugehen, dass
es mir schrecklich leid tue, nicht Nicolas Lamarre zu
sein, es mir wahrscheinlich selbst lieber wäre, Nicolas Lamarre zu sein und mich beglückwünschen zu
können, meine Jahre an der Oberschule wagemutig
und respektlos verlebt zu haben, aber dass ich im
Gegensatz zu Nicolas Lamarre niemals ein mutiges
und noch weniger ein respektloses Kind gewesen sei.

Der junge Passant ist dann weitergegangen und
ich blieb zurück, zutiefst betrübt über seinen Aufbruch.

Ein wenig später, auf dem Weg zu dir, wurde mir
klar: Wenn ich für die Dauer der Erinnerungen eines
jungen Passanten darauf eingestiegen war, Nicolas
Lamarre zu sein, dann nicht etwa, um dem jungen
Passanten eine Freude zu machen, wie ich es mir
einzureden versucht hatte. Sondern vielmehr, weil
ich mit aller Gewalt Nicolas Lamarre *gewesen sein*
wollte und weil die Gelegenheit, seine ruhmreiche
Vergangenheit zu borgen, unwiderstehlich war.

Ich habe dann versucht, mir vorzustellen, welche
Art Mensch dieser Nicolas Lamarre mit der ruhm-
reichen Vergangenheit heute sein könnte. Vielleicht

lebte er, Abenteurer, der er war, im Ausland, und würde den jungen Passanten niemals auf einer unserer öffentlichen und dennoch segensreichen Bänke treffen.

Vielleicht kommt er gar nicht, vielleicht hat er sich's anders überlegt, vielleicht ist er gestorben.

Ich denke oft, dass die anderen vor mir sterben werden, wie mein Vater, meine Mutter und dann meine Schwester, und dass ich, wenn das so weitergeht, als völlig vereinsamte Frau sterben werde, unfähig, rechtzeitig zu sterben, ich meine unfähig, mit meinem Leben so etwas wie eine angemessene Frist einzuhalten. Mit anderen Worten, ich habe Angst, zu spät zu sterben. Und wenn ich nie sterbe? Das wäre schrecklich.

Sobald ich aufstand, um mich von der Bank loszureißen, wurde ich gewissermaßen verschluckt von einer Gruppe Oberschülerinnen. Sie schienen eine Art pädagogischer Schatzsuche zu betreiben, denn sie hielten Zettel, wie man einen Kompass hält, sie beschimpften die Nachzüglerinnen, bewegten sich zugleich eilig und zögernd fort, als seien sie unsicher, welche Richtung sie einschlagen sollten, müssten sich aber dennoch beeilen.

Hätte jemand die Szene beobachtet, so hätte er zunächst einen Mann auf einer Bank gesehen, dann

einen Schwarm junger Mädchen in karierten Rö-
cken, der an der Bank mit dem Mann vorbeizog,
und schließlich hätte er die leere Bank gesehen,
als sei der Mann verschwunden. Hätte jemand die
Szene beobachtet, hätte sie ihn zweifellos in ihren
Bann gezogen.

Ich erinnerte mich an Lisa, die jeden Morgen mit
mir im Autobus zur Oberschule fuhr, Lisa, die einen
karierten Rock trug und die nie auch nur geahnt hat,
dass ich ihren Vornamen kannte.

Im Autobus sprachen Lisa und ihre Freundinnen laut, sie rempelten alle an, brachen grundlos in
Gelächter aus und verachteten all diese ruhm- und
glücklosen gescheiterten Existenzen auf den Sitzplät-
zen im Bus. Ich kannte Lisa und jede einzelne ihrer
Freundinnen beim Vornamen, weil sie sich wiederholt gegenseitig mit Namen ansprachen, als wollten
sie die Vertrautheit unterstreichen, die sie verband
und von der wir ausgeschlossen waren.

Natürlich betrachteten sie sich nur als Fahrgäste
auf Zeit, bei ihnen war das nur übergangsweise, da
sie sich schon am Steuer eines Luxuswagens sahen,
ganz anders als die müden Erwachsenen, die öffentliche Verkehrsmittel bevölkern. Immer wenn der Bus
um eine Kurve fuhr, verloren die jungen Mädchen das
Gleichgewicht, sie übertrieben die Erschütterung und
fielen übereinander, wobei sie unisono einen lang-
gezogenen Schrei ausstießen, machten sich über vor-

wurfsvolle Blicke lustig, lachten umso lauter, und von mir nahmen sie nie Notiz. Dennoch sah ich ihnen glühend vor Liebe zu. Mein Verlangen, sie alle für mich zu haben, war brennend, erschreckend, peinlich. Ich stellte mir vor, wie sie mich ableckten, wie ihre kleinen, rosaroten, nach Zitrusfrüchten duftenden Zungen über meinen Körper wanderten, und wie sie mich eine nach der anderen anflehten, in sie einzudringen, mit all meiner Kraft, jede einzelne bat mich, sie auszuersehen, sie zu meiner Auserwählten zu machen. Ihr Flehen und ihre Ungeduld brachten sie zum Stöhnen, so wie Hündinnen kurz aufjaulen, und da ich nicht alle gleichzeitig befriedigen konnte, konzentrierte ich mich auf Lisa, die zuletzt vor Glück aufschrie.

Eines Tages hatte ich das Gefühl, sie würde sehr bald sterben. Ihre Freundinnen wären dann weniger hochmütig. Sie wären untröstlich. Ihr Mund würde sich vor Schmerz verziehen, ihre geschminkten Augen von Tränen überquellen, die schwarze und blaue Flüsse bis auf ihren Hals zeichnen würden, und ihre vom Kummer gebeugten Schultern würden ihre Brust für immer aushöhlen. Sie wären verunstaltet, wie man von einer Landschaft sagt, dass sie verunstaltet ist.

Ich weiß nicht, warum ich Lisas baldigen Tod voraussagte, sie hatte nichts von einer Todgeweihten, im Gegenteil, sie war sicherlich die Strahlendste von allen. Vielleicht ließ mich gerade die Kraft, die sie versprühte, das Schlimmste befürchten. Lisa schien ihrer selbst so sicher, so überzeugt von ihrer Bedeutung und ihrer Schönheit, dass sie in meinen Augen eine ständige Herausforderung für den Tod darstellte. Vielleicht träumte ich auch davon, dass der Schmerz über Lisas Tod eine Bresche in die Mädchengruppe schlagen würde, durch die ich endlich in diese Gruppe eindringen könnte, mich ihr in der Trauer anschließen, wer weiß.

Ein ganzes Schuljahr lang habe ich sie geliebt, diese lärmenden Fahrgäste, und als der Juni kam, als sie nur noch von den Ferien sprachen, als Michelle sich beklagte, sie müsse mit ihren Eltern in den Urlaub fahren, und Rebecca sich freute, dass sie sich ihren ersten Ferienjob geangelt hatte, wusste ich, ich würde sie nicht wiedersehen.

Wenn ich an Lisa zurückdenke, fürchte ich, sie ungewollt verwünscht zu haben und dass sie meinetwegen gestorben ist. Aber vielleicht ist sie auch noch quicklebendig, vielleicht ist sie just in diesem Moment ganz in meiner Nähe und ich erkenne sie nicht, weil sie heute keinen karierten Rock mehr trägt und eine Frau ist wie alle anderen, eine Frau, die gelernt hat, die Augen niederzuschlagen, zu zweifeln, und vielleicht hat das Leben es übernommen, ihr Bescheidenheit beizubringen.

Der Schwarm Oberschülerinnen entfernte sich, ich erwog, ihm zu folgen, dann dachte ich an dich und überlegte es mir anders.

Haben Sie Selbstmordgedanken, natürlich wie sollte man die nicht haben, was wollen Sie damit sagen.

Leute, die keine Selbstmordgedanken haben, machen mich zugleich stutzig und besorgt. Das Blut ist so nah, so dicht unter der Haut, so nah, dass man es sehen kann, wenn man sie mit einer Taschenlampe anleuchtet.

Ich stelle mir oft vor, auf welche Weise ich mein Blut fließen lassen und wie ich ihm möglichst lange dabei zusehen könnte. Wie schafft man es, sowas nicht ständig ausprobieren zu wollen?

Der Schmerz reizt mich gar nicht, das darf man nicht verwechseln, er stellt im Gegenteil ein erhebliches Hindernis für meine Erfahrungen dar. Aber in die Haut schneiden, sie aufritzen, damit das Blut auslaufen kann, das ist berauschend, es bedeutet, man verändert den Lauf der Dinge, man leitet einen Fluss um, man schafft Chaos, man behindert den Verkehr, man sät Panik im Inneren, und es bedeutet auch, man wird sich bewusst, in welchem Maße wir flüssige Geschöpfe sind.

Sie fragen mich ernsthaft ob ich Selbstmordgedanken habe Herr Doktor.

Wie soll man denn nicht unaufhörlich daran denken, sich zu töten, wo doch die Gefahren so zahlreich sind, die Raubtiere so wild und das Blut so nah, unter der Haut? Wie soll man nicht verzweifelt darüber nachdenken, wie man diesen Tod, der einem vor der Nase baumelt, herbeiführen kann, um Schluss zu machen und endlich allem, was stirbt, Recht zu geben? Wie soll man nicht ein einziges Mal ein unwiderrufliches Zeichen setzen wollen, wo unser ganzes geschäftiges Treiben doch nur vergeblich sein kann? Wie soll man nicht vor Neugierde sterben und nachsehen, ob der Weg zur Hölle wirklich gepflastert ist mit guten Vorsätzen? Wie soll man es hinnehmen, täglich damit rechnen zu müssen, dass der Tod uns überrascht, mitten in einem Satz oder einem Gedanken? Was muss das für eine Erniedrigung sein, vom Tod unterbrochen zu werden.

So wie dein Vater, den man ohne Gesicht in seinem Auto aufgefunden hat, vielleicht war er gerade tief in Gedanken, als der Elch die Landstraße überqueren wollte. Auch wenn jeder weiß, dass man beim Autofahren auf unseren Landstraßen immer mit plötzlich auftauchenden Elchen rechnen muss, kann man doch nicht ständig daran denken, man kann nicht Auto fahren und jeden Moment darauf achten, ob vielleicht ein Elch auftaucht, und ich stelle mir vor, dass dein Vater am Lenkrad an etwas anderes als an einen Elch dachte, als der Elch die Windschutzscheibe durchschlug. Woran hat er gedacht, ehe er unterbrochen wurde?

Der Elch hat also mit seinem Geweih und seinem Gewicht die Scheibe durchbrochen, und vielleicht hat er deinen Vater auf der Stelle getötet, aber das weiß man nicht. Jedenfalls deutet alles darauf hin, dass der Elch nach dem Zusammenstoß noch sehr lebendig war und völlig in Panik, weil er mit seinem Körper zur Hälfte in einem Kraftfahrzeug feststeckte. Also hat er eine schreckliche Energie freigesetzt, um sich aus dem Auto herauszuwinden, hat deinen Vater mit seinen wild um sich schlagenden Hufen bearbeitet und ihm das Gesicht zerfetzt, ohne Hintergedanken, aber mit der kopflosen Verzweiflung eines Ertrinkenden. Man hat den Elch ein Stück weiter im Wald gefunden, er war an seinen Verletzungen verendet.

Man hat deinen Vater ohne Gesicht in seinem Auto gefunden.

So ist jeder bei sich daheim gestorben.

Also Herr Doktor wenn Sie mich fragen ob ich Selbstmordgedanken habe weil ich mich fürs Blut und seinen Fluss interessiere habe ich große Lust Ihnen zu antworten dass wenn Sie nicht auch von all den Möglichkeiten Ihres Blutkreislaufes besessen sind ich ehrlich gesagt glaube dass wir uns nie verstehen können Sie und ich.

Ich bin Ärztin, schrie sie, *lassen Sie mich durch machen Sie Platz.* Aber Ärzte machen nicht wieder lebendig. Sie können weder die Zeit zurückdrehen noch den Lauf der Dinge. *Ich bin Ärztin.* Diesmal hätte man es für den Schrei einer Möwe oder das Kläffen eines Seehunds halten können. Ganz gleich, ob sie Ärztin war, sie konnte die Zeit nicht zurückdrehen und an diesem Morgen *nicht* den Lieferwagen nehmen, *nicht* über die Kreuzung fahren, *nicht* ungeduldig werden angesichts des Möbelwagens, ihn *nicht* überholen und ein Kind auftauchen sehen wie einen Lichtblitz, der einen blind macht. Es war das erste Mal, dass das Leben meine Schwester bei einem Fehler ertappte.

Schuld ist ein Zustand, mit dem man sich schon in frühester Kindheit vertraut machen muss, und wäre meine Schwester ein Mädchen wie ich gewesen, wild, verlogen, diebisch und verschlagen, dann hätte sie den Schock ertragen können. Die Arme, sie war immer vorbildlich gewesen, ihr gutes Benehmen und ihre moralische Geradlinigkeit wurden stets als Vorbild hingestellt, und jetzt hatte sie sich nicht vorschriftsgemäß verhalten.

Manchmal, wenn ich nichts zu tun habe, so wie jetzt gerade, denke ich in der dritten Person und im Konjunktiv I. Ich mag die Distanz der dritten Person, sie bringt buchstäblich einen Abstand zwischen mich und das Leid. Und der Konjunktiv I hat als Möglichkeitsform der Schriftsprache den Vorteil, dass ich die Dinge betrachte, als seien sie Teil eines Traums oder eines Festakts; als gehörten sie zu einer Parallelwelt. Sagen wir, sie habe im Restaurant seit beinahe einer Stunde auf ihn gewartet, daher habe sie beschlossen, das Essen zu bestellen. Sie hätte einfach wieder nach Hause gehen können, aber es sei ihr daran gelegen gewesen, ihre Verärgerung zu verbergen. Also habe sie sich mit betont gut gelaunter Stimme den Kellner bitten gehört:

Entschuldigen Sie bitte ich würde gern bestellen, sehr gern soll ich das zweite Gedeck abtragen, nein danke lassen Sie es da für alle Fälle, es tut mir sehr leid dass Sie warten mussten, ich bitte Sie das bin ich gewohnt, was darf ich also bringen, das Tagesmenü mit Gemüsesuppe und Steak, wie wünschen Sie das Steak, blutig, ein Glas Rotwein dazu, gerne die Wahl überlasse ich Ihnen.

Völlig erschöpft von diesem Wortwechsel, habe sie mit geschlossenen Augen nach einer angenehmen Erinnerung gesucht. Aber unwillkürlich habe sie wieder das Kind auftauchen sehen wie einen Lichtblitz. Und das Zittern habe von Neuem begonnen. Sie habe mit ganzer Kraft versucht, ihre Gedanken auf etwas anderes zu lenken.

Ein Morgen. Licht. Ein wenig Wind dringt durchs halboffene Fenster. Sie bleibt im Bett. Die Tapete übersät von Hirtinnen mit ihren Schafen. Jede Hirtin ist umringt von drei Schafen und bildet eine fein gezeichnete kleine Szene, die sich regelmäßig und endlos auf den Zimmerwänden wiederholt. Sie sieht lange die Hirtinnen an, ihre Schafe und die Spinnweben. Sie beginnt damit, sie zu zählen, und gibt dann gähnend auf. Es sind Ferien. Sie hat gerade erst wirklich begriffen, dass sie ihr Studium abgeschlossen hat. Drei Jahre an der Universität, das genügt ihr, es kommt gar nicht in Frage, mit einem Vertiefungsfach weiterzumachen, der Arbeitsmarkt wartet mit offenen Armen auf sie, aber zuerst lässt sie sich einen ganzen Monat lang von ihrer Großmutter bekochen und verwöhnen, spielt einen ganzen Monat lang das kleine Mädchen, es ist wie eine Schonfrist, die ihr das Leben gewährt, ehe sie ganz und gar in die Erwachsenenwelt kippt. Sie hat nicht denselben Ehrgeiz wie ihre Schwester, die Medizin studiert und sich niemals Ruhe gönnt. Nein, das Leben ist zu kurz, um ein langes Studium anzufangen und auf die Sonne zu verzichten. Allein schon der Duft von getoastetem Brot und Kaffee. Das Radio, der Klang, den sie unter allen anderen heraushört, Nachrichten, die sie nichts angehen. Bellende Hunde, sehr weit weg. Das Gurren der Turteltauben. Wasserplätschern draußen. Ihre Großmutter ist im Garten und gießt einen großen Kübel Regenwasser über die Begonien.

Ich bin Ärztin ich bin Ärztin ich bin Ärztin, wiederholte meine Schwester und nahm ihren Kopf in die Hände, sie wiederholte es so, wie man etwas betont, dessen Absurdität man unterstreichen will.

Denn es ist absurd, Ärztin zu sein und unfähig, die Zeit zurückzudrehen, unfähig, das Leben zurückzugeben, das vor deinen Augen entwichen ist. Sie wiederholte es, bis die Worte keinen Sinn mehr hatten. *Ich bin Ärztin.* Wenn man Wörter lange genug wiederholt, kommt man an den Punkt, wo von ihnen nichts als der Klang übrigbleibt, man versteht nichts mehr von dem, was man erzählt, man denkt, dass einen der Wahnsinn gepackt hat.

So ist meine Schwester, die Ärztin, verrückt geworden.

Diesmal habe ich mich verspätet. Ich bin nervös. Ich habe Durst. Bevor ich zu dir gehe, muss ich mich erst an den Grund für unsere Verabredung erinnern, ich muss wieder zu mir kommen, ich mache einen kleinen Umweg, ich gehe in eine Kneipe, die ich gerne mag, ich setze mich an den Tresen und bestelle ein Bier. Die Scheiben sind getönt, so dass die Passanten uns nicht sehen. Einst den Männern vorbehalten, verbirgt die Kneipe immer mehr Frauen hinter ihren getönten Fensterscheiben. Das Schamgefühl geht sehr schnell verloren.

Die Leute und ich sind beisammen in diesem düsteren Aquarium, wo wir im Chor trinken, ohne zu feiern oder zu tanzen oder Kontakt zu suchen, weil wir nicht in Kontakt treten müssen: Wie sind schon beisammen, mehr beisammen als Leute, die in Kontakt treten, inniger vereint als hundertjährige Paare, intimer als nackte Körper, echter als echte Freunde.

Trotzdem hast du es, wenn wir miteinander getrunken haben, du und ich, immer irgendwann bereut. Du hast das Trinken beim Trinken schon bereut. Ich kann verstehen, dass man versucht ist, zu bereuen, wenn einen der Kopfschmerz packt, am nächsten Morgen, aber im Voraus schon zu bereuen, das macht überhaupt keinen Sinn.

Du hast immer schon Schwierigkeiten mit den Zeiten gehabt mit der Reihenfolge und den entsprechenden Zeiten, was willst du denn damit wieder sagen, du bereust es schon bevor es überhaupt passiert ist, das stimmt ich bereue es schon vorher, das muss anstrengend sein, wenigstens weiß ich worauf ich mich gefasst machen muss, bereust du es dass wir uns kennen gelernt haben, natürlich, warum, ich bereue es weil wir bestimmt irgendwann auch wenn wir uns das jetzt noch nicht vorstellen können genug haben werden es leid sein werden vorhersehbar zu sein begrenzt und den anderen so ähnlich und dann wird die Liebe sich langsam in Zuneigung verwandeln dieselbe Art Zuneigung die man für Kranke empfindet oder für Zurückgebliebene eine leicht trostlose und etwas schuldbewusste Zuneigung und wir werden mehr trinken müssen und die Augen schließen damit es uns gelingt hingebungsvolle Liebe zu spielen und wir werden uns jeder für sich denken wo ist meine Liebe hin wo habe ich sie bloß hingelegt wo habe ich sie zuletzt gesehen sie muss doch irgendwo sein.

(Ich liebe deinen Pessimismus. Das habe ich dir gesagt und dich mit Küssen bedeckt, ich habe dich den ganzen Tag geliebt und gefeiert, und wir waren vollkommen glücklich an diesem Tag, in deiner vorweggenommenen Reue waren wir vollkommen glücklich.)

Ich weiß jetzt, dass er nicht kommen wird. Er ist bestimmt irgendwo in der Stadt, stockbetrunken.

Madame, Monsieur,

Ich schreibe Ihnen, um Ihnen mein aufrichtigstes Beileid auszusprechen… Nein. *Ich schreibe Ihnen, weil ich nicht anders kann angesichts Ihrer Trauer…* Nein. *Angesichts Ihrer Verzweiflung, die ich teile.* Nein. *Ich schreibe Ihnen, um Ihnen mein tiefstes Mitgefühl auszudrücken zum Tod…* Nein. *Zum Dahinscheiden Ihrer Tochter…* Nein. *Madame, Monsieur,*

Worte vermögen nichts, aber sie sind alles, was ich habe, um bei Ihnen zu sein in Ihrem Schmerz… Nein.

Madame, Monsieur,

Obwohl ich verstehe, dass nichts Ihren Schmerz wirklich lindern kann, sollen Sie doch wissen, dass ich untröstlich bin über Ihren großen Verlust. Nein, *über Ihren unermesslichen Verlust. Madame, Monsieur, werden Sie mir jemals verzeihen? Ich flehe*

Sie an, verzeihen Sie mir, auch wenn Ihnen das un-
möglich erscheint… Nein. *Madame, Monsieur, mir*
fehlen die Worte, um den Kummer, die Reue und
die Verzweiflung auszudrücken, die mich seit die-
sem schrecklichen Unfall bedrücken, der Ihnen Ihre
Tochter genommen hat. Nein. *Madame, Monsieur,*
wenn ich die Zeit zurückdrehen könnte und den
Lauf der Dinge ändern, würde ich ohne zu zögern
mein Leben für das Ihrer Tochter geben. Nein. Natürlich nicht.

Meine Schwester wird es nie schaffen, diesen
Brief zu schreiben. Sie wird von nun an die Dinge
anders sehen müssen, nichts mehr erwarten, höflich
das Lächeln erwidern, das man ihr schenkt, mehr
nicht. Nur Mut, das Leben geht vorüber.

Also werde ich in meiner Schülerinnenschrift,
schrieb meine Schwester, *schreiben, was man von*
mir und allen Schülern erwartet: Ich habe meine
Lektion gelernt.

Ich glaube, ich werde nicht zu unserer Verabredung
gehen, das lohnt nicht mehr, wie man so sagt. Du
bist bestimmt schrecklich wütend. Dabei war ich
doch in die Kneipe gegangen, damit mir der Grund
für diese Verabredung wieder einfällt, aber wenn
ich versuche, mich daran zu erinnern, sehe ich nur
dein Gesicht mit deinem Mund, der sich öffnet und
schließt, der gleichzeitig atmet und spricht, und ich

weiß noch, dass ich gedacht habe, Wahnsinn, echt, die kann gleichzeitig sprechen und atmen, also, ich schaffe das nicht, und ich weiß noch, dass du mir gesagt hast, wir seien zu sehr beisammen, gleichzeitig zu flüssig und zu sehr beisammen, so wie Flüssigkeiten, die ganz und gar beisammen sind, so dass jede von ihnen vor lauter Beisammensein mit der anderen Flüssigkeit ihre Farbe verloren hat, und diese ganze Chemielektion schien mir recht kompliziert, ich habe uns zu trinken nachgeschenkt in der festen Überzeugung, dass wir, wenn wir nur genug tränken, am Ende ganz flüssig wären und ganz beisammen, und auf einmal hast du angefangen, dieses Zuviel an Flüssigkeit herauszuweinen und ich wusste nicht mehr, was tun.

Mir fiel nichts Besseres ein, als dir von einem Kind zu erzählen, das wir möglicherweise mit zum Strand nehmen könnten.

Ich habe das falsche Thema gewählt. Es gibt zu viele Themen und sie sind schlecht gelistet, ihr Ordnungssystem folgt überhaupt keiner Logik, wenn man also ganz plötzlich eins auswählen muss, nehme ich natürlich nie das richtige, vom Suchen genervt, greife ich mir zufällig irgendeins und das hat Folgen.

Je länger ich darüber nachdenke umso lächerlicher erscheint mir diese Idee dass wir uns trennen ich fühle mich nicht wohl dabei es ist als würden wir uns zu wichtig nehmen, was willst du damit sagen, ich will damit sagen dass das so ein Riesending wird wo wir doch so unwichtig sind, das verstehe ich nicht, ist das so wichtig zwei Wesen die sich zusammentun und dann aus einer Laune heraus wieder trennen und sich dabei einreden das sei das Ende von etwas Großem die sich einreden dass sie darüber vielleicht nicht hinwegkommen werden weil es im Grunde gut ist das Gefühl zu haben etwas zu erleben über das man vielleicht nicht hinwegkommen wird und den Leuten sagen zu können darüber werde ich nicht hinwegkommen nein echt ich finde das bläht sich alles unangemessen auf diese ganze Trennungsgeschichte das ist ehrlich gesagt ein bisschen peinlich wenn man an alles denkt was so geschieht wenn man die Dinge in Relation setzt bedeutet die Trennung einen klaren Mangel an Bescheidenheit also schlage ich vor wir hören auf uns zu trennen das ist wie Selbstmord das ist finde ich auch eine peinliche Form von Hochmut wenn sich einer umbringt würde ich ihm am liebsten sagen glaubst du wirklich du bist so wichtig Émilie glaubst du das macht einen Unterschied ob du lebst oder nicht ist dir das nicht ein bisschen peinlich dich so wichtig zu machen dass du dir das Leben nimmst kannst du nicht einfach so wie wir alle demütig darauf warten zu sterben wenn du an der Reihe bist so wie alle wie

die Tiere wie die Bäume nein du brauchst ein kleines
bisschen mehr etwas das dich davon überzeugt dass
du einer anderen Spezies zugehörst einer freieren
Spezies einer überlegenen Spezies einer Spezies die
absichtlich stirbt stimmt's?

Auf einmal kann ich nicht mehr sprechen, das passiert mir manchmal, mir fallen Ausdrücke ein, von
denen ich nicht genau weiß, was sie bedeuten, die
ich aber wiedererkenne, weil ich sie schon einmal
gehört habe, als kleiner Junge, ohne sie zu verstehen,
und sie haben mich damals beschäftigt, diese Sätze,
weil meine Eltern sie oft mit einer Art empörtem Un-
terton oder Verbitterung äußerten, manchmal sogar
noch schlimmer. Ich fragte mich immer, an wen sie
gerichtet waren, diese Sätze, da meine Eltern den
Blick nicht von der Zeitung hoben, wenn sie sie aus-
sprachen.

Es geht alles den Bach runter die Würfel sind
doch gezinkt.

Meine Eltern waren sich in einer einzigen, aber
doch grundlegenden Sache einig: Die Lage war nicht
nur schlecht, sondern sie wurde immer schlechter.

Aber Gott kennt die Seinen.

Es bereitete ihnen offensichtlich Vergnügen, auf
mehr oder weniger veraltete beziehungsweise völlig
überholte Weise zu sprechen, vielleicht trugen sie
den Ursprung der Sprache deshalb so stolz vor sich

her, weil sie genau wie die französische Sprache aus Frankreich kamen, sich aber zugleich entschieden hatten, mich in Amerika zur Welt zu bringen, so dass sie also die perfekte Allianz zwischen Alt und Neu darstellten, zwischen dem Erbe und der Offenbarung.

Seit ihrer Ankunft in Kanada hatten sie es sich erlaubt, kritisch gegenüber ihrem Gastland zu sein, wobei sie sich aber jede Art der Nostalgie für das alte Land untersagten. Ihr Freundeskreis, der aus Franzosen bestand, verlieh unserem Esszimmer das Flair eines Pariser Cafés. Tatsächlich kreisten die Gespräche oft um die Linke und die Rechte, und ich hatte lediglich verstanden, dass es besser war, links zu sein, wobei.

Meine Eltern hatten also Frankreich verlassen, als Jean-Marie Le Pen den Front National gründete, meine Mutter hochschwanger, *Wir wollten Frankreich keinen weiteren Franzosen schenken.*

Jedes Mal, wenn Jean-Marie Le Pens Partei an Beliebtheit gewann, beglückwünschten sich meine Eltern dafür, das Land verlassen zu haben, *gerade noch rechtzeitig* weggegangen zu sein. Wenn man sie so reden hörte, ernst und voller Andeutungen, konnte man glauben, diese Emigration hätte uns vor einem Schicksal bewahrt, das der Judenvernichtung vergleichbar war. Ich fand die Vorstellung, dem Schlimmsten entkommen zu sein, höchst aufregend und machte mich ungeheuer wichtig, indem ich erklärte, meine Eltern seien vor einem Diktator auf dem Weg zur Machtergreifung geflohen. Manchmal wünschte ich, nicht ohne mich dafür zu schämen, die Ereignisse gäben meinen Eltern Recht, Jean-Marie Le Pen würde also gewählt und beginge schreckliche Verbrechen gegen die Menschlichkeit, und alle wären sich einig darin, dass meine Eltern in sehr weiser Voraussicht tatsächlich ihre Familie gerettet hätten.

Wenn sie mich verbessert hatten, weil mir ein Fehler im Französischen unterlaufen war, sagten sie oft: *Wir sind schon überkreuz mit Frankreich, lass uns nicht auch noch mit dem Französischen überkreuz geraten.*

Ich habe sie gefragt, warum sie mich so spät bekommen haben, nach fünfzehn Jahren Ehe, als meine Mutter schon dreiundvierzig Jahre alt war.

Wir hatten vorher nie darüber nachgedacht.

Meine Schwester, die Ärztin, ist Dichterin geworden, weil sie aus einem lebenden Kind ein totes Kind gemacht hat. Weil sie aus einem Kind, das die Straße aufrecht überquerte, ein am Boden liegendes Kind gemacht hat.

Und ich kann nichts von meiner Schwester lesen, ohne ihre Seehundschreie zu hören.

Sie bestand nur noch aus Schmerz und Reue, ihr Mann blieb bei ihr, er war zu ihrem Leibarzt geworden, er zwang sie, das Schreiben zu unterbrechen, um ein bisschen zu essen oder so zu tun, als ob sie schliefe. Er sammelte alles, was sie schrieb, ehe sie es zerreißen konnte, er archivierte, korrigierte und tippte, er ist es, der einen Verleger gefunden hat, es ist sogar ein renommierter Verlag, der die Gedichte meiner Schwester veröffentlicht hat. Einige Bände haben Preise gewonnen, aber meine Schwester wollte davon nichts hören, sie wollte keine Anerkennung, sie wollte nur ihren Schmerz und ihre Reue herausschreiben. Schon lange vor ihrem Tod umwehte sie ein Hauch von Mythos, ohne es zu wollen, wurde sie geliebt, weil wir unsere Dichter lieben, wenn sie leiden und, sofern möglich, im Sterben liegen.

Meine Eltern hatten sich gut über die Geschichte von Québec und Kanada informiert, hatten die Autoren gelesen, die für die „junge und faszinierende Literatur Québecs" standen, kauften Schallplatten von aktuellen Québecer Liedermachern, verfolgten das Autorenkino, kurz gesagt, ihre Bemühungen um Integration waren beachtlich. Trotz allem gelang es ihnen nur, (gebürtige) Franzosen um sich zu halten, während die Einheimischen ihrerseits nicht wieder zu uns kamen. Ich habe mich immer gefragt warum.

Als ich in unserem Stadtviertel in die Schule kam, hat mich meine antiquierte Sprache sehr isoliert.

Man verstand mich schlecht, man ließ mich Wörter wiederholen, um die anderen Kinder zum Lachen zu bringen, selbst die Lehrer machten sich einen Spaß daraus, mich sprechen zu hören, sie zitierten mich manchmal mit Ungläubigkeit in der Stimme oder, noch schlimmer, mit Spott, der suggerierte, dass ich so sprach, um mich wichtig zu machen oder um als etwas Besonderes zu erscheinen. All das hat aus mir einen sehr unglücklichen und später sehr schweigsamen Jungen gemacht. Ich hörte auf zu reden, verlor erst die Wörter und dann die Stimme.

Auf dem Foto halten wir uns an der Hand, meine Schwester und ich.

Ich erinnere mich noch sehr gut an den Augenblick, der da festgehalten ist. Es ist das letzte Foto, das mein Vater gemacht hat, denn am Tag darauf ist er bei dem Unfall ums Leben gekommen.

An dem Tag, als das Foto gemacht wurde, hatten meine Schwester und ich uns wegen eines Armbands gestritten. Wir hatten einige Wochen zuvor beide das gleiche Armband geschenkt bekommen. Es war ein Modeschmuck, an dem klimpernd alle möglichen Anhänger baumelten, ein kleiner Schlüssel, ein Herz, bunte Perlen, ein Vogel, ein Würfel, verschiedene Figürchen aus Silber, die uns faszinierten. Wir waren ganz verrückt danach und fanden es lustig, dass wir beide das gleiche Armband hatten, wir spielten sogar manchmal damit und ließen die Vögel sich von einem Armband zum anderen antworten.

Als mein Vater den Wunsch äußerte, uns vor dem blühenden Apfelbaum zu fotografieren, wollten wir uns beide mit unserem geliebten Armband schmücken, aber wir fanden nur ein einziges in dem Zimmer, das wir uns teilten. Es folgte ein erbitterter Streit, an dessen Ende unsere Mutter meine Schwester zwang, mir das Armband zu überlassen, vielleicht, weil ich herzzerreißender schrie.

Ich weiß noch, wie ich mich schämte, das Armband zugesprochen bekommen zu haben, weil ich nicht hätte schwören können, dass es wirklich meines war.

Ich erinnere mich an die gedrückte Stimmung danach im Garten, wie meine Schwester brav den Anweisungen des Fotografen Folge leistete und mir widerwillig die Hand gab, und mir stand genau in diesem Moment dieses für die Ewigkeit eingefangene Bild vor Augen, welches sich exakt mit dem Bild deckt, das ich heute auf dem Foto sehen kann.

Ich habe den Arm hinter meinen Rücken gehalten, um das Armband zu verstecken, das mir nicht zustand, jedenfalls bestimmt nicht mehr als meiner Schwester, wenn es nach mir ging, sollte dieses Foto von der Bitterkeit meines Sieges zeugen, sollte dieses Foto meine Strafe sein.

Ich habe im richtigen Moment gelächelt, damit mein Vater zufrieden war, und danach, als wir unsere Aufstellung wieder auflösten, indem wir unsere Hände losließen und uns vom Apfelbaum entfernten, habe ich meiner Schwester das Armband hingehalten und zugegeben, dass ich meines verloren und dass ich gelogen hatte.

Dieses falsche Geständnis hat mir Vorhaltungen eingebracht. *Musstest du dich jetzt wirklich um ein Armband streiten das dir nicht gehört bitte deine Schwester um Verzeihung.*

Ich habe meine Schwester um Verzeihung gebeten und sie hat mir verziehen. Ich habe festgestellt, dass es sich gut anfühlt, wenn einem verziehen wird, selbst wenn man den Fehler, der einem verziehen wird, gar nicht begangen hat.

Mein Vater, der zu all dem nichts gesagt hatte, hat mich so eindringlich angesehen, und ich habe nie erfahren, was genau sich hinter diesem Blick verbarg. Vielleicht ein leiser Vorwurf, in den sich Anerkennung dafür mischte, dass ich, als ich das Armband für mich reklamierte, zunächst gelogen und es dann wieder gut gemacht hatte, indem ich unter Aufbringung einer gehörigen Portion an Mut meinen Fehler zugegeben hatte. Aber vielleicht wusste mein Vater auch alles, und genau das hoffte ich im Grunde, dass er wüsste, ich hatte nicht in dem Moment gelogen, als ich das Armband zugesprochen bekam, sondern vielmehr in dem Moment, als ich darauf verzichtet hatte, aus Nächstenliebe und Selbstlosigkeit und Großmut, und dann wäre mein Vater so stolz auf mich, seine Tochter, voll der Nächstenliebe und Selbstlosigkeit und Großmut.

Er ist am nächsten Tag gestorben und ich frage mich, ob er an mich gedacht hat in dem Moment, als der Elch die Windschutzscheibe durchschlug.

Ich bin sicher, er hat alles geplant. Mich warten zu lassen, mich hier ganz alleine trinken zu lassen, während ich auf ihn warte, er wollte, dass ich mir Sorgen mache, weil er ganz genau weiß, ich werde mir trotz allem und obwohl ich ihn hasse, Sorgen um ihn machen. Er weiß das, er hat sicher Spaß daran, sich vorzustellen, wie ich mir Sorgen mache, weil eine kinderlose Frau sich um alle anderen Sorgen macht, na klar, Mütterlichkeit speist sich vor allem aus einem tiefen Bedürfnis nach Sorgen und psychischem Unwohlsein, das weiß er, wie oft haben wir miteinander über unseren Kinderwunsch gelacht. Es genügte, dass einer von uns beiden schüchtern den Wunsch nach einem Kind anklingen ließ, damit der andere sofort daranging, diesen mit großen Hieben aus Sarkasmus und schiefer Rhetorik zu zerschlagen. Da wir ständig die Rollen wechselten, war ich mal diejenige, die diesen Wunsch äußerte, und dann wieder diejenige, die zur Ordnung rief und ein Loblied auf den mutigen Widerstand gegen diese leidige Veranlagung zur Fortpflanzung sang.

Ich frage mich, was geschehen wäre, wenn wir gleichzeitig schwach geworden wären.

Das Problem bei Kindern ist dass sie leichtgläubig sind die meisten jedenfalls und damit ein Kind anfängt misstrauisch zu sein muss es schon einen sehr schlimmen Vertrauensbruch erlebt haben aber dann ist es ein trauriges Kind und niemand will ein trauriges Kind haben denn nichts ist trauriger als ein trauriges Kind außer vielleicht ein trauriger Hund, richtig wir müssten also darauf achten das Vertrauen unseres Kindes nicht zu brechen damit es nicht traurig wird wie ein trauriger Hund, genau aber dann schluckt unser Kind alles was man ihm sagt das ist beängstigend.

Als ich verstand, dass sich Gut und Böse nicht so leicht auseinanderhalten lassen, hat mich das, was ich an jenem Tag durchschaute, dermaßen erschreckt, dass ich für immer einschlafen wollte. So wurde ich von einem schlaflosen Kind zu einem erbitterten Schläfer. Der Schlaf lauerte mir ständig auf, ich befand mich in einem dauernden Dämmerzustand, im Vorgriff auf den Schlaf, man überprüfte meine Schilddrüsenfunktion, ich bekam eine Vitaminkur verpasst, ohne Erfolg. Der Schlaf war meine einzige Zuflucht geworden, der einzige Ort, wo Gut wie Böse folgenlos blieb, im besten Fall träumte ich, im schlimmsten Fall waren es Albträume.

Als man mir vom paradoxen Schlaf als einer bestimmten Phase des Schlafes erzählt hat, musste ich lachen, denn ich finde, dass der Schlaf an sich paradox ist, weil man aussieht wie tot, ohne es zu sein.

Jedenfalls sind wir uns ähnlich du und ich das einzig Komplementäre bei uns sind unsere Geschlechter und auch das ist fragwürdig wir könnten uns noch so viel Mühe geben unser genetisches Gepäck zusammenzuwerfen wir würden nur ein Individuum zustande bringen das uns heillos ähnlich ist eine Mischung aus zwei identischen Elementen ist völlig uninteressant normalerweise bietet uns die Genlotterie doch als Entschädigung dafür dass sie oft sehr gewöhnliche Katastrophen anrichtet wenigstens eine gewisse Form der Überraschung und sogar manchmal des Unerwarteten und seltener vollbringt sie geradezu Wunder wenn sie aus zwei faden Individuen eine bunte und wohlschmeckende Frucht hervorbringt aber wir zwei wir zwei die wir dieselbe Kindheit mit uns herumtragen dieselben Gesichtszüge dasselbe Skelett welche Erneuerung könnten wir uns von einem gemeinsamen Kind erwarten.

An dem Tag, als du deine Theorie der Ähnlichkeit und die Perspektiven unserer Fortpflanzung entwickelt hast, die weit schlimmer waren als inzestuös, habe ich begriffen, wie sehr wir uns tatsächlich glichen. Aber wie bringst du es dann nur fertig, dass ich mich so sehr für dich interessiere, wo ich mich selbst doch langweile?

Deutsche Schäferhunde jagen große Zugvögel. Die Hunde springen, um die Vögel am Genick zu packen. Es ist ein beeindruckendes Schauspiel. Der Himmel ist gesprenkelt von Vogelblut und von der untergehenden Sonne. Manchen Hunden gelingt es, ihre Beute zu Boden zu reißen, und sie fressen sie sorgfältig auf. Andere, von den stärksten Vögeln in die Höhe gezogen, lassen ihre Beute schließlich los, weil ihre Kiefer ermüden, und sterben, wenn sie sich auf dem Boden die Knochen brechen. Im spektakulärsten Fall schließlich fallen Hund und Vogel gleichzeitig, brechen sich gemeinsam das Genick, und es bleibt nichts, weder vom Raubtier noch von seiner Beute, da beide im Kampf gestorben sind...

... Aber es gibt einen Hund, der sich abseits hält und nicht in den von Vögeln roten Himmel springt. Er wartet, bis die Vögel zu ihm kommen. Er scheint zuzusehen, wie die anderen Hunde sich aufbäumen und in der Luft winden, um dann mit Getöse, manchmal jaulend, wieder herunterzufallen.

Wir träumten dieselben Träume, und ich gebe zu, dass auch ich beim ersten Mal Angst bekommen habe. Als du mir diesen Traum von den Vögeln und den Jagdhunden erzählt hast, glaubte ich an einen Scherz. Ich dachte, du hieltest mich zum Narren, ich hätte in meinem paradoxen Schlaf gesprochen und du machtest dir einen Spaß daraus, zu wiederholen, was ich dir erzählt hatte, aber nein. Offenbar nicht.

Anfangs hat uns das geschmeichelt, unserem Stolz als Liebende geschmeichelt, dem schlimmsten unter allen Arten des Stolzes. Da wir dieselben Träume träumten, fühlten wir uns enger verbunden als alle anderen. Wir brüsteten uns damit, verliebter zu sein als alle Verliebten, da wir selbst im Traum zur selben Geschichte gehörten.

Nach zahlreichen medizinischen Untersuchungen, die meine Eltern veranlasst hatten, weil sie sich ein lebhaftes Kind wünschten, zeichnete sich ab, dass mein Schlaf besonders paradox war, da es mir nicht genügte, während des Schlafes am Leben zu sein, und ich deshalb übermäßige Energie aufs Träumen verwandte. Kurz gesagt forderte eine überdurchschnittliche elektrische Aktivität meinem Gehirn eine Überfülle an Signalen ab, was meine Erschöpfung nach diesen Stunden homerischen Schlafes erklärte. So kam man dahinter, dass all die Nächte, in denen ich nur dalag, mir mehr abverlangten als die Tage, wenn ich auf den Beinen war. Und der Kern dieses Paradoxes lag in meinen Träumen. Als man mir sagte, dass ich sozusagen auf höherem Niveau träumte, machte mich das sehr stolz und verschaffte mir zahlreiche Vorteile. Diese Verbriefung meiner allgemeinen Müdigkeit hatte zur Folge, dass man mich endlich in Ruhe ließ, dass man mich schonte und wie einen Kranken behandelte, dass man mir mit jeder Menge Hintergedanken eine *gute Nacht* wünschte, als träte ich mit dem Zubettgehen einen Kreuzzug an. Von diesem Moment an bestand mein Dasein im ungeduldigen Warten auf diesen paradoxen und kräftezehrenden Schlaf mit seiner Überfülle von Träumen, die meinen wildesten Ansprüchen genügten. Meine Eltern lauerten darauf, dass ich wach wurde, und ich liebte es, wie sie mich ansahen, wenn ich die Augen aufschlug. Als versuchten sie, über mich gebeugt, hinter mein Geheimnis zu kommen, vielleicht in mein so erstaunliches Hirn vorzudringen, ich fühlte, wie sie zugleich ängstlich, stolz und neidisch waren angesichts eines so besonderen, so *phänomenalen* Wesens, das trotzdem doch ihr Sohn war. Ich war für sie zu einem undurchschaubaren Fremden geworden. Manchmal befragten sie mich höflich, fast eingeschüchtert, und baten mich, ihnen meine Träume in all ihrer Maßlosigkeit und ihren Details zu erzählen, wobei sie sich gegenseitig ermahnten, mich nicht mit allzu vielen oder allzu indiskreten Fragen zu belästigen. Es kam vor, dass ich Anzeichen der Müdigkeit zeigte, noch ehe ich müde wurde, um die Wirkung zu überprüfen, und jedes Mal baten mich meine Eltern umgehend, mich hinzulegen, und machten sich hastig Vorwürfe: *der arme Kleine wir haben ihn mit unserem Geschwätz ganz müde gemacht lassen wir ihn jetzt ausruhen er hat eine lange Nacht vor sich.*

Mich erfüllte eine entschiedene Gleichgültigkeit gegen alles, was sich während meines Wachseins ereignen mochte, als hätten Traum und Wirklichkeit Platz getauscht. Die Träume waren mein ganzes Leben, während meine unvermeidliche Existenz im Tagesbetrieb ohne echte Bedeutung war, eine schemenhafte Illusion, eine Abfolge seltsamer, unzusammenhängender Eindrücke, die ich mit Einbruch der Nacht umgehend vergaß.

Komposition und Rhythmus meiner Träume hätten mit den bedeutendsten Werken aus Malerei und Film mithalten können, meine Augen wurden gierig und unersättlich nach ihren überwältigenden, satten Farben, so dass mir alles schal und flach vorkam, wenn ich sie öffnete. Schon bald erschien mir der Handlungsablauf meiner Träume weitaus logischer als der unseres Alltags, wie er sich vom Frühstück bis zum Zubettgehen hinzieht, lediglich akzentuiert von ein paar vereinzelten Aufgaben, Plänen, Wortwechseln und Einkäufen.

Unsere Vertrautheit war also so stark, dass sie genau an dem Punkt in eine Symbiose kulminierte, wo der Schlaf Liebende normalerweise voneinander trennt.

Wir, er und ich, träumten oft von diesem Kind, das wir nicht haben würden. Wir wurden nachts zu Eltern in dieser Parallelexistenz, von der alle anderen nichts wussten.

Wir sind in einem Gemälde, zwei winzige Silhouetten zwischen den grau gemalten Bäumen. Ich halte die Hand des Kindes, als gehörte sie mir. Das Kind und ich, wir äffen die großen Affen nach, indem wir lächelnd die Zähne blecken und aufrecht auf unseren zwei Beinen gehen. Ich hebe es hoch und nehme es auf den Arm, es fragt mich nicht, warum. Ich will offenbar auf die andere Seite des Flusses gelangen. Die Strömung ist stark, ich falle, und wir überqueren ihn schwimmend, im ohrenbetäubenden Lärm des Wassers, das sich sputet. Am anderen Ufer malt die Sonne Flecken auf den trockenen Schlamm, wir machen ihn sogleich nass mit kleinen Tropfen, die wir dem Fluss gestohlen haben. Ich setze uns nebeneinander mit Blick auf diesen Fluss, wo wir nicht mehr sind. *Das ist schön nicht wahr, ja das ist schön,* das Kind ist immer meiner Meinung. Es wirft Holzstückchen, die im Wasser um die Wette schwimmen. Wir folgen ihnen mit den Augen, bis sie vom Wasserfall verschluckt werden. Mir wird früher langweilig als ihm. Ihm wird nie langweilig.

Es fröstelt, scheint mir. *Ist dir kalt*, es antwortet nicht, es weiß nicht. Ich muss an seiner Stelle entscheiden.

Seine Hose, seine Socken, seine Haare, die Nahrung, die es kaut, alles, ich habe alles entschieden. Unser Kind ist perfekt, weil der Traum der einzige Ort ist, an dem es nichts auszusetzen gibt. Auch wenn wir frieren und Hunger haben, wenn uns die Füße weh tun, es käme uns nicht in den Sinn, uns zu beschweren, denn wir wissen ja, jeder Traum geht zu Ende. Das wirkliche Leben hat den Nachteil, dass es einem ewig erscheint.

In unseren Träumen kenne ich unser Kind, als hätte ich es selbst gemacht, ich habe ihm niemals verhehlt, dass mich das Kinderkriegen überhaupt nicht reizt, zu viel Blut, als flösse nicht schon genug Blut, und außerdem auch zu viel Schamlosigkeit, medizinische Indiskretion, all das.

In unseren Träumen halte ich unser Kind beim Gehen an der Hand, ich bin eine liebende Mutter, die zwischen all den anderen liebenden Müttern geht, ich werde zum Inbegriff der idealen Mutter, wenn man uns vorbeigehen sieht, das Kind und mich, flüstert man *schaut das ist die Frau die ein Kind aufgenommen hat und es so gut gewaschen gefüttert und geliebt hat als wäre es ihr eigenes sie ist das.*

Ich hatte noch einen ganzen Park zu durchqueren. Dort entdeckte ich Leute, die Freude in dem grauen Gemälde der Welt fanden, und da schien mir dank ihnen das Grau sanft und wohltuend, und ich glaubte plötzlich, das Gute sei überall. Alte Leute, die auf Bänken saßen, junge Leute, die im Gras saßen, andere, die einander einen Ball zuwarfen, solche, die einander fotografierten, zweifellos, weil sie sich gegenseitig schön fanden, es gab Fahrräder, Hunde an der Leine, Picknicks, quietschende Schaukeln, Stadtmöwen, ziemlich fett, ein Wasserbecken mit Enten, die ihre Entenrolle ausgezeichnet spielten, denn sie tauchten so, dass sie ihr Hinterteil wie einen kleinen Strauß Federn präsentierten, auf das die Kinder lachend mit dem Finger zeigten, Blumenarrangements, eine Gitarre, und all diese Leute, die sich den Raum so höflich, so zivilisiert und freundlich teilten, und ich sagte mir, aber das sind doch Menschen, und sie wirken so gut, so bescheiden, dass ihnen eine städtische Parkbank für ihr Glück genügt, ich betrachtete sie genau, sie lächelten sich zu, wenn sie aneinander vorbei gingen, ich traute meinen Augen nicht, die Leute waren so großzügig, dass sie Unbekannte von sich aus ihrer guten Absichten und ihrer Friedfertigkeit versicherten, damit niemand sich vor einem anderen fürchten musste, diese ganze Harmonie glich einem Wunder, ich dachte, ein König wäre sicher glücklich, über so ein Königreich zu herrschen, ohne eine Spur von Elend, ohne Chaos, wo alles an seinem Platz zu sein scheint und richtigherum, ein Königreich, wo selbst die Unordnung in Schach gehalten wird, in festen Grenzen, die Plastikspielsachen im Sandkasten, Leute, die einander beim Namen nennen, als sei das ein alter Brauch seit Menschengedenken, Alleen, die, sanftmütigen Bächlein gleich, zum Springbrunnen führen, welchen Wasserschleier umschweben, Bäume, die ihre Äste, reich behängt mit Kindern wie mit Trauben reifer Früchte, unendlich in den Himmel recken. Während er die Kinder in den Bäumen beobachtet, ruft der König sich die einfachen und wesentlichen Dinge in Erinnerung, die Schwerkraft, die Evolution, die Nahrungskette, die Metaphysik. Und so durchstreift der gute, bescheidene und weise König, der gern von den Kindern und den Bäumen lernt, grübelnd sein Königreich.

Jemand schreit. Es sind die Trappgänse, die über den Himmel ziehen. Aber da ist noch etwas. Jemand schreit, wie Leute, die mit ihren Kindern schimpfen. Meine Augen suchen nach der Herkunft des Geschreis. Es kommt aus dem Auto, das da vorne geparkt ist. In dem Auto sind Mutter und Kind, und ich höre bis hierher die ganze Wut der Mutter auf ihr Kind. Das Kind sagt nichts. Es hat den Kopf gesenkt. Es wartet wohl darauf, dass es vorübergeht. Mir tun an seiner Stelle die Ohren weh. Es hält sie nicht einmal zu, es lässt das ganze Geschrei hinein. Die Mutter wird aufhören, wenn sie keine Luft mehr bekommt, kann ich mir vorstellen, aber im Moment scheint sie noch unermüdlich zu sein, und ich frage mich, was sie wohl derart in Wut gebracht hat, das Kind kann es nicht sein, das ist unmöglich, und außerdem ist ihre Wut viel älter als das Kind, das wohl allerhöchstens sieben Jahre alt ist. Die Mutter ist nicht mehr die Mutter, und das rettet das Kind. Das ist nicht mehr seine Mutter, wenn sie so schreit, das ist ein offenes Maul, das ist eine unbekannte Kreatur. Das Kind hält den Kopf gesenkt, konzentriert sich auf seine spitzen Knie, es lässt sie nicht aus den Augen, bis die Hände der Kreatur sein Gesicht packen, die Augen zwingen, sich von den Knien abzuwenden und die Wut aus der Nähe anzusehen. *Und schau mich an wenn ich mit dir rede.*

Ich drehe mich um, um zu sehen, ob jemand das Geschrei hört. Da ist niemand. Da sind zwar Beine, die gehen, Hände, die Taschen oder Kinder halten, da sind Rümpfe, die von Füßen fortbewegt werden, auf Hälse gesetzte Köpfe, alle Arten Haare und Kleidung, die auf den Gehwegen Schatten werfen, aber da ist niemand. Ich will sagen, niemand Ganzes, niemand, der das Kind retten könnte.

Also beuge ich mich zu dem von Geschrei erfüllten Auto und klopfe vorsichtig an die Scheibe.

Die wütende Kreatur hört auf zu schreien und bedeutet mir zu verschwinden. Ihre Geste ist aggressiv. Ich klopfe wieder, und diesmal sieht die Kreatur ängstlich aus. Das Kind sieht mich auch an, ich zwinkere ihm vertraulich zu. Dann lege ich die Hände wie ein Sprachrohr zusammen und presse meinen Mund gegen die Scheibe, damit die Worte hindurchkommen.

Madame wenn Sie wollen kann ich Ihnen das Kind abnehmen ich meine es Ihnen vom Hals schaffen es mitnehmen und es wäre das Kind meiner Träume. Die Kreatur versucht das Auto anzulassen. Ich schenke dem Kind ein Lächeln, das bedeuten soll *Keine Sorge ich bin da*, und klopfe wieder. Das Kind ist so überrascht, dass es vergisst, mir mein Lächeln zurückzugeben. Aber ich weiß, wir haben uns verstanden. Es wird mit mir kommen, wir werden miteinander leben, und ich werde sanft sprechen, jedes Mal, wenn ich mit ihm rede, also selten. Genau, ich werde selten und sanft mit ihm sprechen. Und wir werden zu zweit mit unseren Haaren und unserer Kleidung auf den Gehwegen der Stadt und dann auf denen der Welt spazieren. Wenn wir zu dir kommen, werde ich es dir vorstellen und es wird dein Sohn sein, ihr werdet euch sofort lieben, er wird die Augen eines Reisenden haben und lange Arme, mit denen er dich ganz umschlingen kann. Wir werden uns das Meer ansehen, aber von fern, oben von den Felsen, damit uns nichts beißt. Wir werden nebeneinander unsere Bücher lesen, laut, sehr laut, um nicht allein zu sein. Wir werden grüne und braune Algen essen. Wir werden alle Sprachen lernen, ehe wir uns eine Muttersprache aussuchen. Wir werden unter Brücken schlafen, die niemandem gehören, und wir werden in Obstgärten spielen, die jemandem gehören. Wir werden mit Kreide Straßen für die Insekten malen. Wir werden Skilager für Einwanderer veranstalten. Wir werden Oberschülerinnen küssen, wenn wir welchen begegnen, und sie werden uns alle drei sehr schön finden. Unser Sohn wird eine von ihnen heiraten, und sie wird niemals sterben.

Als das Auto wegfuhr und die Kreatur und unser Kind mit sich nahm, wurde mir schwindelig und ich spürte Zweifel aufsteigen.

Und dann habe ich meine blutenden Handgelenke gesehen, daher das Schwindelgefühl, denn ich muss sagen, es blutete stark, es sah sogar recht hübsch aus, vielleicht sogar künstlerisch. Man hat mir später erzählt, ich sei „außer mir" gewesen, ich hätte zu stark an das Autofenster geklopft, die Scheibe sei deshalb zersplittert, einige Splitter hätten meine Hand zerschnitten und andere das Gesicht der Kreatur.

Man hat mir die Hand verbunden, ich sehe aus, als trüge ich einen einzelnen Boxhandschuh.

Ich bewundere Polizisten, denn sie glauben fest an ihre eigene Wichtigkeit.

Ich bewundere die Autorität, weil sie glaubt, eisenhart zu sein.

Ich fand, dass dieser Polizist mich sehr mütterlich behandelte, ich meine vollkommen in seiner Mütterlichkeit, da er meine Hand sorgfältig verband, während er mich zurechtwies. Pflege und Vorwürfe sind die tragenden Säulen der Mütterlichkeit. Das habe ich ihm gesagt, er tat, als hörte er nicht. Dieser Polizeibeamte war unfähig, meine Dankbarkeit anzunehmen. Anschließend habe ich etwas Zeit mit einer Prostituierten verbracht, die einen anderen Beamten beleidigt hatte. Die einzigen Prostituierten, mit denen ich bis zu diesem Tag zu tun gehabt hatte, waren Prostituierte aus der Literatur, weil Schriftsteller von Prostituierten fasziniert sind. In den Büchern, die ich gelesen habe, waren sie immer anziehend, oft wunderschön, sogar philosophisch, und ihre nicht gerade glänzenden Lebensumstände wurden einem Mangel an Glück zugeschrieben, einer Art Fatalität oder der unwiderstehlichen Berufung zum Opfer; niemals wurde ihr Wesen in Frage gestellt, und ihre Schönheit war, wenn sie nicht ohnehin erstrahlte, dem guten Glauben des Schriftstellers zufolge unter der allzu grellen Schminke oder geschmackloser Kleidung verborgen. Die Prostituierten meiner Leseerlebnisse verbargen ihre reine Seele in einem weniger reinen Körper, und Seele wie Körper kannten das tiefste Innere der Männer und brachten es dennoch in ihrer Barmherzigkeit fertig, sie zu lieben wie eine Mutter ihren Sohn. Selbst die Luxusprostituierten, die karrieregeilen, leichtfertigen und habgierigen, beschrieb man als Opfer des Zeitgeistes. Im Grunde war es nicht ihre Schuld. Ihr Schicksal war oft tragisch: Schrecken und Ekstase, Begehren und Tod, die sie verinnerlicht hatten in ihrem Körper und in der grenzenlosen Aufnahmefähigkeit, die kein Schamgefühl kennt, zerstörten sie letztlich. Ich war nicht schlecht überrascht, außerhalb von Büchern auf eine Prostituierte zu treffen. Niemand beschrieb mir diese Prostituierte jenseits ihrer äußeren Erscheinung, die von brutaler Hässlichkeit war, ich hatte also keinen Zugang zu dem, was man ihren *stream of consciousness* nennt, vorausgesetzt, sie hatte einen, da sieht man mal, was für Wunder Schriftsteller zuwege bringen, um wieviel umfassender ein Buch ist als das Leben, von dem es sich inspiriert, und es tat mir weh, eine Prostituierte zu sehen, die keinen wohlwollenden Autor hatte, eine Prostituierte, die nicht literarisch überhöht wurde. *Es ist schon ungerecht wenn eine Prostituierte ihr Bild ganz allein verteidigen muss nicht wahr wenn es keinen Schriftsteller gibt nicht einmal einen mittelmäßigen der in ihrem Namen spricht.* Sie schien mich nicht zu hören. *Welchen Schriftsteller würden*

Sie wählen um Sie der Welt vorzustellen? Ihr nach
innen gerichteter Blick schien nichts zu sehen. Was
hätte ein Schriftsteller wohl schreiben können, damit ich sie liebte? Zweifellos hätte er geschrieben,
dass sie alterslos und ohne Zukunft war und dass es
eine Zeit gegeben hatte, da sie an Liebe und Gerechtigkeit geglaubt hatte. Die Prostituierte fing dann an,
die Wand auf Englisch zu beschimpfen. Ich stellte
fest, dass ich das Elend ganz spontan mit dem Französischen verknüpft hatte, da ich sehr überrascht
war, sie englisch sprechen zu hören. In Montréal
weiß man nie, auf welche Sprache man stößt.

Stop looking at me you pervert.

Ich musste also genau in dem Moment aufhören,
die Prostituierte anzusehen, als es mir endlich gelang, mich in ihr zu sehen, genau in dem Moment,
als ich sie in eine literarische Figur verwandelte.

Ich habe alles aufgegessen, ich habe sogar das Blut
aus dem Fleisch mit Brot aufgetunkt. Ich höre die
Trappgänse. Ich suche sie durch das große Fenster
des Restaurants. Nichts macht mich melancholi-
scher als ihr Aufbruch in den Süden, und trotzdem
verrenke ich mich in der Hoffnung, sie zu sehen. Sie
fliegen durch den Nebel wie Ortungsgeräte, die ihre
Schreie mit der Regelmäßigkeit eines Metronoms
ausstoßen. Ich verrenke mir den Hals ein wenig und
kann den Schwarm endlich sehen. In seinem Umriss

gibt es eine Unregelmäßigkeit, ein Nachzügler bricht die durchgehende Linie auf. Ich weiß nicht, ob er in Panik ist, ich hoffe einfach, dass die anderen auf ihn warten werden und ihn tolerieren, obwohl er es nicht schafft, im Rhythmus zu bleiben.

Ich würde gerne aufstehen, mein Essen bezahlen und in den Herbst hinausgehen, aber dazu bin ich nicht fähig.

Sie würde das Restaurant verlassen und gehen, in der Hoffnung, dass man sie ansieht. Ein einziges Mal würde ihr vielleicht genügen. Bald wäre sie nicht mehr sehr weit von der Universität entfernt. Sie würde beschließen, im Studentenviertel spazieren zu gehen. Sie würde sich unter die Menge mischen und sich wünschen, sie täuschen zu können, sie würde inbrünstig hoffen, für eine von ihnen gehalten zu werden von denen, die hier studieren und fest daran glauben, dass die Zeit, die sie opfern zwischen zwei Zigaretten, zwischen zwei Pausen, dass die in Hörsälen verbrachte Zeit, dass diese ganze Zeit ihnen zurückerstattet wird und noch viel mehr. (Natürlich geht ihre Rechnung nicht auf, diese Mentalität von Saat und Ernte ist ein geistiges Konstrukt, aber das wissen sie noch nicht.)

Sie würde sich vorstellen, wie sie mit ihnen spricht, über einen Lehrplan, über eine Prüfung, über einen Professor, über irgendetwas (ihr scheint, sie haben einander so viel zu sagen, wenn sie aus der Universität kommen und über die Stufen schlendern mit ihrem riesigen Becher Kaffee, sie haben manchmal exzentrische Hüte, Bärte, Mitbewohner, sie wirken glücklich). Sie würden nicht merken, dass sie aus dem Rahmen fällt (sie haben keine Zeit, so genau hinzusehen, das wäre zu kompliziert, und außerdem ist ihre Meute schon derart bunt gemischt, dass man sich nicht leicht ein Bild vom Studenten macht).

Und dennoch würden, wenn sie sich auf eine Stufe zwischen sie setzte, die Studenten auffliegen wie Vögel, fast auf einen Schlag, und sie allein lassen auf der Treppe aus kaltem Stein, und sie würde sich fragen, was sie erschreckt hat (oder sind sie rein zufällig alle auf einmal davon). Sie hätte Lust, sie einzuholen oder wenigstens einen von ihnen, die Zeit zurückzudrehen oder aber die Straße wieder hinaufzugehen. Sie würde die Straße wählen, als hätte sie die Wahl, sie würde gegen den Strom schwimmen, sie würde diesmal Studentengruppen durchqueren wie Fischschwärme (wissen sie überhaupt, wo sie hingehen, sie weichen niemals von ihrem Kurs ab, sie muss ausweichen, um nicht mit ihnen zusammenzustoßen).

Und dann würde ein Student in Gegenrichtung mit seiner dicken Studententasche an meine Schulter stoßen, ich verlöre das Gleichgewicht, käme ins Schwanken und wieder ins Gleichgewicht und bräche in Schluchzen aus. All das ginge sehr schnell, und wenn der Student sich umdrehen würde, um sich zu entschuldigen, wäre er völlig durcheinander, mich in Tränen aufgelöst zu sehen.

Geht's Ihnen gut Madame es tut mir sehr leid Madame geht's es tut mir wirklich schrecklich leid Madame?

Und je hartnäckiger der Student mich *Madame* nennen würde, umso größere Lust hätte ich, ihm seine beiden betrübten Augen auszukratzen. Ich würde durchaus sehen, dass er gerade erst dem Alter entwachsen ist, da er sich regelmäßig Schelte geholt hat (er hat sich noch nicht daran gewöhnt, nicht länger das Kind zu sein, das man schimpft und ins Bett schickt), er wäre lächerlich, wie er mich so ansieht und dabei etwas von mir erwartet, vielleicht, dass ich ihn verurteile, oder aber er wäre wie versteinert von seiner Macht, seiner Macht, eine Frau zum Weinen zu bringen (er sollte da nicht auf den Geschmack kommen). Dann würde er mir seine Hand auf die Schulter legen, als wolle er sie entlasten, als wolle er die Brutalität der Welt fortwischen, er würde mich sanft neben die Fischschwärme ziehen wollen, die unbeirrbar ihren Weg fortsetzten. Ich ließe es geschehen, es wäre so gut, von einem Studenten geführt zu werden, der mein Sohn sein könnte (der das Kind meiner Träume sein könnte, dieses Kind, das ich mit so viel Mühe ernährt und gekleidet habe, dieses Kind, das ich heute mit koketter Furcht ansähe, beeindruckt von seiner Männlichkeit und seinem universitären Ehrgeiz).

Ich würde den Studenten beruhigen, und schon ginge er wieder fort, nachdem er sich noch einmal in Entschuldigungen verloren hätte, mir wäre lieb gewesen, er hätte mich noch ein bisschen beschützt, aber ich hätte nicht gewagt, ihm das zu sagen.

Also bleibe ich auf meinem Restaurantstuhl sitzen, schön gerade und schön brav sehe ich dem Restauranttisch ins Gesicht, ich sehe der Realität dieses Tisches ins Gesicht und warte.

Ich schwöre dir, ich war auf dem Weg zu dir trotz meiner Verspätung und trotz allem, ich war auf dem Weg zu dir, als ich stehen blieb, um dem alten Griechen zu helfen, ich war auf dem Weg zu dir, als ich von den Oberschülerinnen verschluckt wurde, ich war auf dem Weg zu dir, als ich das Königreich voller Freude und Güte durchquerte, und dann habe ich die Trappgänse gehört und danach andere Schreie, ich hätte fast den Boden unter den Füßen verloren und ich hatte doch meinen Rechen nicht mehr, um mich abzustützen, ich musste alt geworden sein, so alt von all dem Zurückblicken, ich wollte mein Spiegelbild sehen, um zu prüfen, ob ich gealtert war, seit ich an diesem Morgen aufgewacht war, ich habe an das Geschlecht der Dinge gedacht und an das der

Menschen, denn hätte ich ein weibliches Geschlecht bekommen, dann hätte ich mich ans Femininum angeglichen und wäre bestimmt mit einer Handtasche ausgerüstet gewesen, in der ein Taschenspiegel gewesen wäre, ein kleines Etui, das ich geöffnet hätte, und ich hätte mich darin betrachtet, um zu sehen, wie alt ich geworden war, um zu sehen, was du siehst, wenn du mich betrachtest, um festzustellen, welchen Eindruck das auf dich macht, und ich habe versucht, mein Spiegelbild im Fenster des von Geschrei erfüllten Autos zu sehen, aber da war nicht mein Spiegelbild, da war das Gesicht der wütenden Kreatur und der abwesende Blick des Kindes, und ich habe mir gedacht, dass das Ärgerliche bei den Menschen doch ist, dass sie sterben werden, ohne eine Muschel zu hinterlassen, nichts, was man am Strand aufsammeln könnte, nichts, womit man das Ufer schmücken könnte, nichts als eine Hülle, von der man weder weiß, was man damit tun noch wie man um sie weinen soll.

Mein Blut kam durch den Boxhandschuh.

Zweiter Teil
Unsere liebe Not

Ihre beiden Vornamen waren seit Langem miteinander verknüpft, selten sprach man den einen ohne den anderen aus, und so wurden sie, zumindest für ihre gemeinsamen Freunde, zu einer eigenständigen Wendung: Pierre-und-Nicole. Es ist nicht zu erklären, warum es nicht stattdessen Nicole-und-Pierre hieß. Die Reihenfolge von Pierre und Nicole richtete sich nicht nach ihrer Beliebtheit, vielleicht war es eine – im Übrigen subjektive – Klangschönheit, auf welcher diese Namensgebung beruhte, die mehr oder weniger bewusst den Bund von Pierre und Nicole oder die Liebe zwischen Nicole und Pierre oder sogar Pierres Ausschließlichkeit für Nicole und umgekehrt bezeichnete. Pierre-und-Nicole lebten also mit dem ständigen Einverständnis ihrer Freunde und errichteten, ohne es zu merken, ein Denkmal, vor dem man sich verneigt, ein goldenes Kalb der Zweisamkeit.

Nach demselben Prinzip trafen sich Pierre-und-Nicole regelmäßig mit Jacques-und-Sandrine sowie Charlotte-und-Benoît.

Wie alt wird Sandrine denn, was, Sandrine wie alt ist die, äh wart mal ich bin siebenunddreißig also ist sie neununddreißig, kein Safran mehr da, genau neununddreißig, Pierre ist kein Safran mehr da, ach das war eine Frage, ja, ich dachte das wäre eine Fest-stellung dass kein Safran mehr da ist ich dachte du teilst mir das mit ich hatte nicht verstanden dass das eine Frage war, also haben wir nun noch welchen oder nicht, sprichst du immer noch vom Safran, ja, ich weiß nicht ob wir noch welchen haben.

An diesem Abend hatten Pierre-und-Nicole, wie sie es von Zeit zu Zeit gern taten, ihre Freunde eingeladen, um für sie ein üppiges, erlesenes, feuchtfröhliches Essen zuzubereiten – *nein bitte bloß nichts mitbringen.* Ihre Freunde wussten schon lange, dass Pierre-und-Nicole diese Art etwas beizutragen (eine Vorspeise, einen Salat, oder, noch schlimmer, das Dessert mitzubringen) grundsätzlich ablehnten, da eine solche Höflichkeitspflicht letztlich den Nachteil hat, die Harmonie eines Essens zu zerstören, das so konzipiert ist, dass es in einer genau festgelegten Abfolge von Düften und Geschmacksnoten reibungslos vom Aperitif zum Digestif führt, und das die Intervention selbst gutmeinender Gäste ausgesprochen schlecht verträgt.

Und insgeheim freuten sich die Gäste wieder einmal, dass sie an diesem Abend zu Pierre-und-Nicole nur eine Flasche als kleine Aufmerksamkeit mitbringen mussten.

(Pierre-und-Nicole haben eingekauft, haben das Essen zubereitet, den Tisch gedeckt, die Kerzen auf den Messingleuchtern angezündet, sie haben Musik aufgelegt, den Weißwein kühl gestellt, sie haben die Zeitungen aufgeräumt, die im Wohnzimmer herumlagen, sie sind bereit, ihre Gäste zu empfangen.

Pierre-und-Nicole haben ihr letztes Essen zubereitet. Morgen würde es nur noch Pierre geben und es würde nur noch Nicole geben. Aber das wissen sie noch nicht.)

Nicole entkernte die Tomaten, die sie füllen wollte. Pierre marinierte die Lammkeule. Nicole bereitete ein Fenchelpüree zu. Pierre dünstete die Champignons an.

Nicole kümmerte sich um die verschiedenen Appetithäppchen, die als Vorspeise serviert werden sollten.

Pierre besorgte den Wein und das Dessert: Er zögerte zwischen einer Torte (immerhin feierte man einen Geburtstag) und einer „Bunten Auswahl französischer Pâtisserie" (ein Eclair, eine Cremeschnitte, ein Erdbeertörtchen, eine Crème Caramel etc.). Da Pierre unfähig ist, Entscheidungen zu treffen, nahm er eine übergroße Auswahl an Pâtisserie, was übrig blieb, würde er am nächsten Tag zu seinem morgendlichen Kaffee aufessen. Schon beim Gedanken daran lief ihm das Wasser im Mund zusammen. Er schluckte.

Beim Bezahlen der Pâtisserie wurde Pierre übel, als er sich den Zucker und die Sahne in seinem

Mund und in dem seiner Gäste vorstellte, worüber werden sie diesmal wohl bei Tisch reden, bestimmt werden sie sich alle miteinander ein bisschen aufregen, der Form halber, weil sie sich mit ihren rotweinbefleckten Lippen zur Revolte bekennen, die Gutmenschen, die gegen die soziale Ungerechtigkeit rebellieren und ihre Hände in Unschuld waschen, während sie gleichzeitig ein erbarmungsloses Spiel weiterspielen, in dem sie meisterhaft und unschlagbar zugleich sind, wobei sie vor allem großen Wert darauf legen, gesagt zu haben, wie unbarmherzig dieses Spiel ist, mit so etwas wie Bedauern und auch Fatalität in der Stimme, und sich mit den Elenden verwechseln, deren Sprachrohr zu sein sie versuchen, abends, bei Tisch, während sie später, satt und fern von aller Not, einschlafen, und Pierre hörte sich sagen *ich habe das alles satt.*

Verzeihung was hast du gesagt, nein nichts ich dachte gerade an etwas anderes, also kurzum ich habe meine liebe Not sie auf mich aufmerksam zu machen ich zeige ihr die Rechnung und weise sie höflich darauf hin dass ich die Umtauschfrist von zehn Tagen einhalte und sie sagt zu mir

Pierre hörte Sandrine zu, wie sie von ihrer lieben Not sprach, und dann hörte er sich sagen *ich habe das alles satt,* obwohl Pierre niemals mit sich selbst spricht, also nie, ohne sich an jemanden zu wenden, der ihm antworten könnte, Pierre denkt normalerweise eher, ohne zu reden, sprechen ist so unbequem für den Mund, er versteht nicht, wie man Wörter artikulieren kann, wenn man nicht dazu gezwungen ist, übrigens fällt es ihm immer schwer zu glauben, dass eine Figur mit sich selbst spricht, das erscheint ihm völlig unglaubwürdig, und es war seltsam, seine eigene Stimme zu sich selbst sprechen zu hören, also hat Pierre weitergesprochen, um noch einmal zu hören, wie seine Stimme zu ihm sprach und so in Konkurrenz zu Sandrines lieber Not trat.

… Sie sagt mir davon weiß sie nichts, die sichern sich ab wie's nur geht das ist normal, ich weiß aber ich hab was gegen Unfähigkeit, deshalb bist du ein guter Headhunter oder sagt man „Headhunterin", man sagt „Personalberaterin", so ähnlich wie bei den Stewardessen die zu Flugbegleiterinnen geworden sind, genauso ist es, ich fand Stewardessen schöner, ach die gute alte Zeit die Zeit der Stewardessen, hört euch an wie altmodisch er ist mit seinen Stewardessen, ha ha ha ha ha.

Hör mal ich fall gleich um, sagte Pierres Stimme zu Pierre, *ich hab das Gefühl das Fleisch schreit auf den Tellern der Wein rinnt und auf einmal ist mir genauso übel wie in der Kirche wenn ich als kleiner Junge zusah wie der Priester das Blut Christi trank zumindest versicherte er uns es sei das Blut Christi das er da hochhielt während er uns nochmal sagte*

dass Christus für uns gestorben sei und ich wusste
schon damals nicht was ich mit dieser Liebe Christi
für mich anfangen sollte was für eine Belastung wel-
che Vergeudung dachte ich also dafür zu sterben
und der Priester der diesen Wein trank dick wie Blut
und dieser Geruch nach Holz und Moder ich wurde
oft ohnmächtig während der Messe und

Ausgezeichnet deine Lammkeule Pierre, ja
das stimmt Pierre sie ist ausgesprochen zart deine
Lammkeule, ja deine Lammkeule ist immer perfekt
das stimmt deine Lammkeule gelingt dir immer.

Regelmäßig brachte man Pierre hastig aus der
Kirche, und Pierres Mutter, eine fromme Frau,
konnte nicht ganz verhehlen, dass sie hoffte, die
Ohnmachten während der Messe seien ein Zeichen
dafür, dass ihrem Sohn Pierre eine religiöse Lauf-
bahn bestimmt sei oder sogar das Schicksal eines
Heiligen, wer weiß…

Pierre?

…als habe Gott auf ihn eine so starke Wirkung,
dass Pierre davon das Bewusstsein verlor, Gott hatte
ihn vielleicht auserwählt, ja, oder vielleicht zeigte
Gott mit seinem göttlichen Finger auf ihn, und es
fehlte nicht viel, und Pierres Mutter hätte nach Tränen aus Blut Ausschau gehalten, die langsam anfangen würden, über die Wangen ihres Sohnes zu
laufen, ja, im Grunde hätte Pierres Mutter sich gewünscht, ihr Sohn wäre die Heilige Jungfrau.

Geht's dir gut Pierre, ja ja ich bin ein bisschen zerstreut das ist alles, du bist weiß wie die Wand, ich geh mal zwei Minuten in die Küche, Schatz du hast ja Nasenbluten, oh Scheiße bin gleich wieder da.

Das Blut floss ihm in Strömen aus der Nase, und Pierre fragte sich, ob da alles rauskommen würde, aus den Nasenlöchern, sein ganzes Blut, natürlich, aber auch alles andere aus dem Körperinneren, alles würde herauskommen, bis Pierre ausgeleert wäre, er würde sich auslaufen lassen wie einen undichten Füllfederhalter, aus dem die ganze Tinte ausläuft und sein gesamtes Potential, also alle Wörter aus allen Muttersprachen, alle Umrisse und alle Gesichter und alle Landschaften, Pierre würde auslaufen, so gut es ging, wie ein kaputter Füllfederhalter, bis er völlig trocken wäre und unbrauchbar.

Was machst du Pierre, ich habe Nasenbluten, das sehe ich aber du hast dich auch geschminkt, ja um zu vervollständigen was das Blut angerichtet hat, warum tust du das Pierre warum machst du solche Sachen.

Pierre hätte es Nicole erklärt, er hätte ihr gesagt, dass sein Mund in dem Moment, als er das Blut wegtupfte, rot geworden ist wie die Münder, die sie mit Lippenstift nachziehen, damit man ja bemerkt, dass sie einen Mund haben, auch wenn sie nicht reden, sie werden dann wie diese alten Fotos, die man nachkoloriert hat, und als Pierre sein Spiegelbild gesehen hat mit seinem Mund, rot vom Blut, das darüber lief, hat er ein bisschen von Nicoles Schminke genommen, um sich noch ein bisschen mehr zu entstellen, um zu sehen, ob ihn das innerlich verändern würde, im Inneren des Geschlechts, um zu sehen, ob sich auch der Blick auf ihn ändern würde, denn der Blick der Leute auf Pierre ist bis jetzt immer gleich geblieben, während Pierre sich verändert, aber nur so wie der Stundenzeiger, also bestimmt zu langsam, um bemerkt zu werden.

(Aber Nicole ist nicht ins Bad gegangen. Sie ist bei den Gästen geblieben, besorgt und höflich.)

Während er das Blut abtupfte, hörte Pierre von Weitem, wie die Gäste ihn bedauerten, er hörte, wie Nicole ihnen erklärte, dass er sehr schlecht schlafe, der Stress, der neue Übersetzervertrag, die Mieter, die ausgeflogen sind, ohne die letzten drei Monatsmieten zu bezahlen, es ist ein Skandal, dann hat Pierre die Reaktionen der Gäste gehört, die sich jetzt beeilten, ihr Mitgefühl auszudrücken, ihr Verständnis und ihre Solidarität, weil sie das auch schon mitgemacht haben, weil sie das sehr gut kennen, Schlafstörungen, Stress, neue Verträge und säumige Mieter, und wieder einmal überfiel ihn der Schwindel, als das Gespräch abschweifte zur wohlverdienten Ruhe und zum letzten Urlaub auf Korsika, zum blauen Himmel und den weißen Stränden und dem Roséwein, und wie sie gelacht hatten, alle miteinander, *ach Korsika, es gibt nichts Besseres als Korsika, Korsika ist das Paradies, wir sollten wieder nach Korsika fahren*, und als Pierre zum Tisch zurückgekommen ist, haben sie aufgehört, von Korsika zu sprechen.

Geht's dir besser Pierre?

Sie sahen Pierre über ihre schmutzigen Teller hinweg an.

Und Pierre hörte sich antworten, *die wahre Revolution wird kommen und zu unserer Verteidigung werden wir kaum ein paar Handvoll weißen Sand haben die uns durch die Finger rinnen wie Urlaubserinnerungen ja all die Unfähigen werden sich vereinigen alle die von euch Mitleid Verachtung und Gleichgültigkeit bekommen haben alle die ihr für Schädlinge gehalten habt die liebe Not der ganzen Welt wird sich erheben wie ein Tsunami verzeih mir Schatz, wenn Pierre trinkt wird er zum Sozialisten, ha ha ha ha ha zum Sozialisten der ist gut.*

Nicole versuchte verzweifelt, lustig zu sein, um die Situation zu entschärfen, um das Essen vor einer sicheren Katastrophe zu retten, und vielleicht vor allem, um Pierre zu retten, aber das war vergebens, denn Pierre gab an diesem Abend alles auf, vor allem, seinen besten Freunden zu gefallen. Als verwüstete er das Haus, wobei er alles, woran er vorbeikam, besudelte, Dinge zerbrach, Essen an die Wände schleuderte, Fotos zerriss und Möbel verbrannte, und alle standen wie versteinert vor diesem Schauspiel, sahen tatenlos zu, unwiderstehlich fasziniert vom Ausmaß der Verheerung und von ihrer Befremdlichkeit.

…entschuldige ich dachte ich würde es schaffen. Pierre wäre gern mit dem Tablett Pâtisserie in der Hand wieder im Esszimmer erschienen, er hätte Geburtstagskerzen darauf gesteckt, ein paar, wir zählen nicht mehr, und hätte „Ma chère Sandrine, c'est à ton tour de te laisser parler d'amour…" angestimmt, dieses Lied, mit dem man nicht nur Geburtstage feiert, sondern auch das Traumbild einer Identität unseres Landes*, und sie wären alle eingefallen, ein bisschen zögerlich, aber darum bemüht, eine festliche Atmosphäre zu schaffen, ihre Liebe zu Sandrine zu besingen, alle miteinander, und dann hätte Sandrine die Augen geschlossen und einen Gesichtsausdruck aufgesetzt, als hätte sie einen brennenden Wunsch, um zu zeigen, dass sie sich jetzt etwas wünschte, genau wie im letzten Jahr, dann hätte sie alle Kerzen auf einmal ausgeblasen, und sie hätten alle applaudiert, um ihre Leistung zu würdigen, sie hätten die Geburtstagsszene sehr tapfer gespielt, weil man tapfer sein muss, wenn man den

---

* Anm. d. Übers.: Gilles Vigneaults Lied „Gens du pays" (1975), das als inoffizielle Nationalhymne Québecs gilt, wird mit leicht abgewandeltem Refrain dort zu Geburtstagen gesungen.

Zahn der Zeit und alte Freundschaften feiert, und Nicole hätte Tränen in den Augen gehabt, weil ihr so leicht die Tränen kommen, beim kleinsten Anzeichen von Zuneigung packt Nicole die Rührung, sie ist so nah am Wasser gebaut, dass sie jederzeit überlaufen kann, Pierre hätte ihr zugesehen, wie sie Sandrine liebt, wie sie ihre Freunde liebt und wie sie ihn selbst liebt, wie sie es liebt, dass er sie dabei beobachtet, wie sie die ganze Welt unendlich liebt, und er wäre wieder einmal fasziniert gewesen von Nicoles Fähigkeit, die anderen unendlich zu lieben, ohne jemals damit aufzuhören, an jedem tausend Dinge zu finden, die ihre Liebe verdienen, die aufrichtigste, größte, dauerhafteste Liebe von allen, ihre Liebe, die der von Christus, der für uns gestorben ist, in nichts nachsteht.

(Sandrine hat das Geschenk von Pierre-und-Nicole und Charlotte-und-Benoît ausgepackt, eine Haute-Couture-Handtasche aus rotem Leder. Begeistert ist sie ihren Freunden nacheinander um den Hals gefallen, wobei sie Jacques ununterbrochen wieder und wieder sagte, wie glücklich sie über ihre rote Handtasche sei, und ihm zeigte, wie schön die Tasche war und inwiefern sie so schön war. Jacques hat seine Freunde zur Wahl der roten Handtasche beglückwünscht und dabei ein Gesicht gemacht, als sei er Fachmann für Modeaccessoires. Sandrine hat die neue rote Handtasche an sich gedrückt, hat sie geöffnet, sie wieder geschlossen, hat an ihrem Leder gerochen. Darauf folgte ein Schweigen, eine kurze Stille, die Nicole auf die Idee brachte, Kaffee oder Tee anzubieten, was alle sofort freundlich ablehnten.)

... Und wisst ihr was Jacques mir zum Geburtstag geschenkt hat?

(Jacques hat mit gespielter Bescheidenheit gelächelt, wohl wissend um den Eindruck, den sein Geschenk machen würde.)

Jacques' Geburtstagsgeschenk für mich war...
EIN PFERD!

Das hat mich umgehauen. Ich glaube, mir blieb der Mund sperrangelweit offen stehen, aber ich bin nicht sicher. Da hat er geklotzt, der Jacques. Ein Pferd. Seiner Frau ein Pferd schenken. Ganz unabhängig von Sandrines Leidenschaft fürs Reiten und von ihrer Sehnsucht nach einer Rückkehr zur Natur, seitdem sie sich das Landhaus gekauft haben, handelt es sich um das perfekte Geschenk. Es liegt etwas zutiefst Männliches darin, seiner Frau ein Pferd zu schenken. Seiner Frau ein Pferd schenken, das bedeutet, ihr Muskeln schenken, Kraft, Hitze, Leder, Galopp. Das ist, als würde man ihr zugleich Sex und Freiheit schenken, was sich nur selten miteinander verträgt. Das ist gewissermaßen, als würde man seiner eigenen Frau einen Liebhaber schenken. Jacques ist ein Genie. Wir alle sollten unseren Frauen ein

Pferd schenken, natürlich, warum sind wir da nicht früher draufgekommen? Während ich mir noch vorstellte, wie meine Frau von einem starken Hengst davongetragen wird, prägten Fetzen von Gesprächen, denen ich nicht zuhörte, dennoch einige Informationen in mein Gehirn: Sandrines Geschenk heißt Romeo (so Sandrine). Er kommt von einer Ranch in den Vereinigten Staaten, eine halbe Stunde von ihrem Grundstück in den Cantons-de-l'Est entfernt (so Jacques). Der benachbarte Landwirt erlaubt ihnen gegen eine kleine Pacht, Romeo auf seiner Weide zu halten (so Jacques). Romeo ist ein ungestümes, aber abgerichtetes Vollblut (so Sandrine). Und ich habe gedacht, diese Eigenschaften, ungestüm aber abgerichtet, entsprechen genau Sandrines Männlichkeitsideal, was ich auch laut gesagt habe. Alle haben gelacht, sogar Sandrine, weil wir uns wirklich gut verstehen. Jacques hat ein Foto aus seiner Tasche geholt und es uns in aller Bescheidenheit gezeigt, als sei es nichts Besonderes. Auf dem Foto schien Romeo nicht zu bemerken, dass man ihn fotografierte. Ich glaube, ich hörte Benoît zu Jacques sagen, man müsse das Leben genießen und verrückte Sachen machen, und wie Jacques ihm irgendetwas antwortete, das in die gleiche Richtung ging, und ich fand es rührend, wie die Leute sich gegenseitig zum Kaufen und zum Besitzen ermuntern, vorausgesetzt, man verfügt über die notwendigen Mittel, während sie gleichzeitig reden, als verfügten sie nicht ganz über die notwendigen Mittel, aber erlaubten es sich dennoch, weil das Leben kurz ist. (Ich habe mich dann gefragt, wer die Situation im Griff hat, das Pferd unter der Frau oder die Frau auf dem Pferd.)

… Ich hatte das Gefühl du hast über etwas nachgedacht, ach ja nein gar nicht, hat dir der Abend gefallen, ja, ich glaube Sandrine war zufrieden mit ihrem Geburtstag, ja, du warst lange weg ich habe mich gefragt was du tust, wann denn, kurz vor dem Dessert was hast du gemacht, ich hatte Nasenbluten, was, ist nicht schlimm ich hatte Nasenbluten also habe ich gewartet bis es vorbei ist ehe ich wieder an den Tisch kam, du hattest Nasenbluten du hast mir nichts davon gesagt, wir haben noch eine Flasche guten Wein übrig, warum hast du mir nichts gesagt, machen wir sie auf, gut wenn du willst.

Dritter Teil
Das Jagdgewehr

Das Telefon klingelte. Und so weiter, von einem Geburtstag zum nächsten, das Leben schaukelt dahin im Wellengang guter und schlechter Nachrichten, das Telefon klingelt, kündigt mit demselben Ton Geburten, Sterbefälle und Einladungen ins Kino an, ich fand es im Übrigen furchtbar, wie es unveränderlich einen Ton absonderte, bis einer von uns beiden abhob, bis einer von uns beiden sich dazu bereitfand, den Ereignissen die Stirn zu bieten. Mir schien, ich hätte zigmal denselben Klingelton gehört, ehe du endlich abhobst, aber ich weiß, hinterher hast du mir gesagt, es habe nur viermal geläutet, du bist also drangegangen, hallo, und dann habe ich miterlebt, wie dein Gesicht langsam in sich zusammenfiel, eine richtiggehende Metamorphose, als flösse dir langsam Farbe übers Gesicht, du hast nach und nach verstanden und dich synchron dazu verfärbt, alles, was in Filmen oft so schlecht gespielt wird, die Szene der entsetzlichen Nachricht, die einem am Telefon mitgeteilt wird, und wie man sich gegen diese Nachricht sperrt, der erstickte Schrei, das alles hast du gemacht, und da wusste ich, alles, was du am Telefon gerade gehört hast, zerstörte dich vor meinen Augen, ich habe mich also auf dich gestürzt, ich habe dir den Hörer entrissen und aufgelegt, so wie man ein auflodernderes Feuer löscht, als sei das Telefon der Grund für deinen Schmerz, ich habe aufgelegt in der Hoffnung, damit dein Zerfließen aufzuhalten, denn du warst dabei, an Ort und Stelle zu zerfließen, man hätte glauben können, selbst dein Skelett könne dich bald nicht mehr aufrecht halten, es liege in Asche, und du warst mir böse, dass ich aufgelegt hatte, aber man muss das verstehen, ich wollte dich nur retten.

Lyrikerin Émilie Deslandes gestorben
Das tragische Ende der Émilie Deslandes
Die Lyrikerin Émilie Deslandes nimmt sich das Leben
Émilie Deslandes, Québecer Lyrikerin, ertrunken aufgefunden
Die Ärztin und Lyrikerin Émilie Deslandes hat Selbstmord begangen

Alle Journalisten, die hiesigen und die von anderswo, wollten ihrem Artikel eine reißerische Schlagzeile geben in der Hoffnung, sie würde sich von den anderen absetzen, und dennoch wiederholten sämtliche Artikel nur im Chor dieselbe Meldung, die das Telefon dir in vier schrillen Tönen mitgeteilt hatte, noch bevor du abhobst: Du hattest deine Schwester verloren. Trotzdem trug keiner der Artikel den Titel *Nicole hat ihre Schwester verloren.* (Es ist alles eine Frage des Blickwinkels.)

Es würde kein Erbe geben, um das man sich streiten könnte. Keinen Cent, kein Möbelstück, kein Besteck, nichts. Wie der Heilige Franziskus hatte Émilie sich von all ihrem Hab und Gut zugunsten karitativer Einrichtungen getrennt. Das Einzige, was aufzuteilen blieb, würde die Trauer sein, anteilsmäßig nach Vertrautheitsgrad.

(Die Aufteilung der Trauer ist ein sehr heikler und auch sehr grausamer Vorgang, weil es passieren kann, dass man ohne Traueranteil ausgeht, und dann tröstet einen niemand. Wem steht denn der größte Anteil der Trauer zu? Dem Ehemann? Der Schwester? Den Freunden? Der Nation?)

Bei der Trauerfeier trugen wir schwarz, wie es Brauch ist, aber deshalb wussten wir noch lange nicht, wie wir uns verhalten sollten. Ich hatte immer das Gefühl, meine Schwester würde mitten in dieser Inszenierung plötzlich die Augen aufschlagen. Ich wollte nicht wissen, wie weit die Verwesung des Leichnams meiner Schwester fortgeschritten war, und trotzdem konnte ich nicht aufhören, daran zu denken. Ich nahm brav die Beileidsbekundungen entgegen, während ich wie angewurzelt neben dem Mann meiner Schwester stand. Wir hielten einander am Arm, ohne zu wissen, wer von uns den anderen stützte. Wie sie da so unbeweglich lag, glich Émilie unserer Mutter. Da verstand ich, wie sehr jede Geste meiner Schwester ihr ganzes Leben lang von dem Wunsch getrieben gewesen war, sich von unserer Mutter zu unterscheiden. Mit ihrer Betriebsamkeit war es ihr gelungen, uns von ihrer frappierenden Ähnlichkeit abzulenken. Die Leichenstarre entlarvte meine Schwester.

Es kamen entfernte Cousins, ihre quirligen Kinder, ehemalige Patienten, Literaten und ein paar Künstler, *ich hatte das Vergnügen ihre Texte bei der und der öffentlichen Veranstaltung zu lesen, danke, ich habe sie leider nicht kennen gelernt aber ich mag ihre Werke sehr, danke das ist nett.*

(Jacques-und-Sandrine und Charlotte-und-Benoît sind nicht gekommen. Sie sind keine schlechten Freunde, sie hätten nur nicht gewusst, was tun ohne einen Tisch, an den man sich setzen kann, und ohne Gläser, um auf unsere Gesundheit zu trinken, auf unsere Freundschaft, auf unsere so zahlreichen Leistungen, auf das Leben, das uns nie trennen wird.)

Und dann kam eine Frau auf mich zu, die bis dahin abseits gestanden hatte.

Guten Tag, guten Tag Madame, ich war nicht sicher ob ich kommen soll, es ist gut dass Sie's getan haben, ich meine ich wusste nicht ob mir das guttun würde, ich verstehe, nein das können Sie noch nicht verstehen, wie bitte, ich bin die Mutter des kleinen Mädchens..., ..., der Unfall, ..., Sie waren dabei nicht wahr, ja ich war dabei, genau ich wollte sie sehen.

Ich wusste, dass ich zweifellos einen bedeutsamen Moment erlebte, etwas ganz Besonderes, und ich wusste nicht, was ich damit anfangen sollte. Die Frau, die vor mir stand, erschien mir riesig und unerreichbar, sie zog immer wieder ihr Schultertuch hoch, das groß war wie ein Umhang, so dass ihre Arme, zwei ausgebreiteten Schwingen gleich, eine schwindelerregende Spannweite annahmen; außerdem stand sie sehr gerade da, wie ein Stelzvogel, zugleich gefasst und gejagt. Die Frau und ich ließen unsere Blicke auf dem Gesicht meiner Schwester ruhen, und ich glaubte zu sehen, wie diese in ihrem Sarg erschauderte. Ich hätte mir so sehr gewünscht, dass meine Schwester mir sagt, wie ich mich verhalten soll, so wie sie es immer getan hatte, dass sie mir sagt, was ich bei diesem Anlass sagen und tun soll, wo ich doch verschiedene Anlässe nie richtig auseinanderhalten konnte.

Zum Beispiel habe ich unserer Mutter, ganz gleich zu welchem Anlass, jedes Mal, wenn es etwas zu schenken gab, eine Flasche Hochprozentigen mitgebracht. Meine Schwester sah mich schief an, was für ein unpassendes Geschenk, Alkohol für eine Alkoholikerin, *und auch noch Whisky also ehrlich sowas von unpassend.* Meine Schwester, die sich mit Anlässen gut auskannte, brachte an Weihnachten vielmehr echten Champagner mit, damit meine Mutter und ich den Unterschied zum Sekt schmeckten, und sie hoffte zweifellos, wir würden langsamer trinken, um den Preisunterschied genau herauszuschmecken, aber ich hatte es eilig, die Gläser zu füllen, und unsere Mutter hatte es eilig, sich selbst abzufüllen, so dass wir beide vor lauter Eile sehr schnell tranken, und ich schenkte fast pausenlos ein, damit die Gläser immer voll waren, und unsere Mutter war voll, ehe der Heilige Abend um war, sie sprach von unserem Vater und von dem Elch, und dann sah meine Schwester mich an, als wollte sie sagen *ganz toll du hast es mal wieder geschafft*, aber das war natürlich sarkastisch gemeint.

Dann gab es die Geschenke, und meine Schwester schenkte meiner Mutter jedes Mal ein Buch, oft den letzten Prix Femina, den letzten Goncourt oder eines dieser schönen Bücher, die immer kurz vor Weihnachten herauskommen, mit vielen Fotos und ohne jede Notwendigkeit. Ich glaube nach wie vor, dass es besser ist, einer Alkoholikerin Alkohol zu schenken als einer Analphabetin Bücher. Meine Schwester hoffte von einem Weihnachten zum nächsten, sie könnte unserer Mutter, die nie gern gelesen hatte, Lust aufs Lesen machen. Unsere Mutter, die Alkoholikerin und Analphabetin, betrachtete das Ding, so wie man etwas beäugt, von dem man nicht weiß, was man damit tun soll, oder ein exotisches Lebensmittel, von dessen Zubereitung man keine Ahnung hat und dem man ein bisschen misstraut, sie drehte es um, als würde die Rückseite ihr vielleicht bekannter vorkommen, und ich verstand nicht, warum meine Schwester so besessen davon war, besonders wenn sie anfing, das Buch zu beschreiben, und warum sie bei diesem Buch an unsere Mutter gedacht hatte und wie sehr es ihr sinnvoll erschienen war, dass unsere Mutter dieses Buch las, und *du wirst sehen Mama ich bin sicher es wird dir gefallen.* Meine Mutter war eingeschüchtert, bedankte sich höflich, kratzte die Reste des Weihnachtskuchens auf ihrem Teller zusammen, was meine Schwester zur Weißglut brachte, richtete dann ihren Blick auf die Flasche, die ich ihr geschenkt hatte, und entspannte sich im Voraus.

Meine Schwester brachte zu unserer Mutter ihre eigenen Weihnachtsplatten mit, oft war es Jazz, bei dem man nur schwer die Weihnachtsmelodie heraushörte, oder sie legte *Der Messias* von Händel auf, *weil das weihnachtlich ist*, sagte sie, *aber auf gehobenem Niveau.* Natürlich verabscheute sie alle Platten mit dem Titel *Sowieso singt Weihnachtslieder*, und ich traute mich nicht, ihr zu sagen, dass das meine Lieblings-Weihnachtsplatten waren, weil ich genau wusste, meine Schwester wäre enttäuscht gewesen, dass ich einen genauso schlechten Geschmack hatte wie unsere Mutter, also schwieg ich lieber und tat so, als gefiele mir *Der Messias* von Händel.

Alles, was unsere Mutter ausgesucht hatte, damit Weihnachten aussah wie Weihnachten, fand meine Schwester schrecklich. Ob das die Girlande war, die mit elektronischer Stimme *Jingle Bells* in Dauerschleife sang und im Rhythmus dazu blinkte, oder das Weihnachtsmanngesicht aus vergilbtem Plastik, das sie an die Badezimmertür genagelt hatte, oder der winzige künstliche Weihnachtsbaum mit Dekoschnee auf den Zweigen, alles missfiel meiner Schwester so sehr, dass sie es sich nicht verkneifen konnte, Grimassen zu ziehen, und ich sorgte für Ablenkung, damit unsere Mutter es nicht bemerkte. Von allem, was meine Mutter hatte, fand nur eines Gnade in den Augen meiner Schwester: eine sehr alte Schneekugel mit einem kleinen Eiffelturm, auf dem in goldenen Buchstaben der Schriftzug *Frohe Weihnachten* angebracht war. Wenn man die Kugel schüttelte, begann es, wie vorgesehen, in Paris zu schneien. Wir kannten diese Schneekugel seit unserer frühesten Kindheit, und vielleicht hatte meine Schwester deshalb genug Zeit gehabt, um sich an ihr Niveau zu gewöhnen, ich weiß es nicht, oder vielleicht rettete auch das Pariserische die Kugel vor ihrem schlechten Geschmack, und meine Schwester ließ es unermüdlich in der Kugel schneien, ganz versunken, und sagte immer wieder *ich kann's nicht glauben dass es diese Kugel noch gibt.*

Meine Mutter verreiste nie, aber sie nahm mit Dankbarkeit und Freudenausbrüchen alle Reiseandenken an, die man ihr mitbrachte, es war leicht, meine Mutter zufriedenzustellen, denn sie war schon mit sehr wenig zufrieden. Es genügte, ihr eine Tasse, einen Glasuntersetzer, einen Schlüsselanhänger, irgendwelchen Nippes mitzubringen, solange nur der Name der fremden Stadt irgendwo draufstand und es bunt war. *Das Problem bei Mama ist dass sie Qualität nicht erkennt,* sagte meine Schwester, *man kann sich den Arsch aufreißen um einen Schatz für sie aufzutreiben sie kann ein Seidentuch nicht von einem Tempo unterscheiden.*

Und es stimmt, sie konnte es nicht voneinander unterscheiden, und dennoch bemühte sich meine Schwester erbittert, meine Mutter zu erziehen, indem sie ihr Luxus-Kosmetika schenkte, Schmuck aus echtem Silber, feinste Schokoladen, Kaschmir, erlesene Geschenke, aber nichts kam an die Schnapsflaschen heran, die ich unserer Mutter voller Stolz mitbrachte, wie ein Hund, der seinem Herrchen voller Stolz den Ball apportiert. Und dann wartet.

Ich war übrigens schon immer wie ein Hund, der jemandem etwas apportiert, und mein einziger Ehrgeiz war es, dafür gestreichelt zu werden, bestätigt und gelobt, *so ein braver Hund braves Hundilein.*

(Ich träumte oft von meinem Vater. Er hatte ein Geweih auf dem Kopf. Er sah mich starr an, wie ein Reh im Scheinwerferkegel des Autos, und lief dann davon in den dunklen Wald.)

Wie ein Hund, der immer mehr gestreichelt werden will, stellte ich mich vor den Leuten auf, bis sie merkten, dass ich da war, das konnte manchmal dauern, und ich setzte meinen Hundeblick auf, einen gutwilligen, ewig treuen und unschuldig bettelnden Blick, und manchmal wurde ich gestreichelt wie gewünscht, aber ich bekam nie genug, die Leute werden es schnell leid.

(Manchmal stelle ich mir die Leute mit einem Geweih vor, und damit sehen sie sofort vornehm aus.)

Seit ich dreizehn war, gab es jede Menge Männer in meinem Leben und auf mir, überall, jeden Tag, manche sahen verliebt aus, aber ich war mir da nicht sicher, weil ich mich zugegebenermaßen leicht täuschen lasse, und meine Schwester verachtete mich für meine vielen Beziehungen, alle sexueller Natur, aber das waren die einzigen Beziehungen, bei denen ich mich wohl fühlte, also ließ ich mich mit jedem sexuell ein, ich wusste nicht, dass das verwerflich war, ich fühlte mich auch nicht auf Abwege gebracht, ich hatte eher das Gefühl, ich war es, die die Männer von ihrem Weg und von ihrem reifen Alter ablenkte, manchmal gegen ihren Willen, und da ich allen nur

Gutes wollte, war ich davon überzeugt, dass alle mir nur Gutes wollten.

So wie ich mir wünschte, die Gläser wären immer voll, wollte ich selbst immer voll sein, voller Männer, ohne sie war mir kalt, ich erfror, ich hätte sie einsperren wollen, sie unter Verschluss halten in mir, um ihre Wärme zu speichern. *Auch zu viel ist niemals genug*, versuchte ich mein grenzenloses Bedürfnis zu erklären, manche Männer nahmen es mir übel, vor allem wenn ich ihnen sagte, dass ich sie liebte, im guten Sinne, was doch der Wahrheit entsprach.

Manche hielten sich fälschlicherweise für unwichtig, nur, weil es viele von ihnen gab.

Seltenheit allein macht noch nicht den Wert, sagte ich ihm lachend. Er biss mich in den Hals, und ich hielt seinen Kopf, der riesig war wie der eines Rindes, so schien mir, und seine heißen Nüstern schnaubten an meinem Hals, bis hinter meine Ohren, und das war sowas von gut, er zog mich an den Haaren nach hinten, um an meinem Hals mehr Platz zu haben, und schnaubte wieder, leckte und biss und verschlang mich mit solcher Eile, genau wie die anderen, wunderbarerweise genau wie alle anderen.

Aber ich war nie voll, hatte nie genug, weder von den Männern noch vom Alkohol, ich war immer noch leer, ich war wohl löchrig wie ein alter Topf.

(Ich sehe mich übrigens immer noch, wenn ich zu Fuß gehe, manchmal unwillkürlich um, weil ich sichergehen will, dass ich nicht auslaufe, dass ich nicht durch ein unsichtbares Loch undicht bin, keine durchgehende Spur hinterlasse wie eine Schnecke.)

Also kam ich zurück, ich sah sie mit meinem bewundernden Hundeblick an, ich fand nichts Erniedrigendes daran, dass ich sie anbettelte, mich noch ein bisschen zu lieben.

Auch wenn ich manchmal wütende Fußtritte kassierte, wie man sie einem Hund verpasst, der einen zur Weißglut bringt, kam ich zurück.

(Ich habe festgestellt, wenn Menschen ihren Hund treten, dann immer, weil sie auf jemand anderen wütend sind als auf ihren Hund, oder auf etwas anderes, dem sie keinen Fußtritt verpassen können, wie zum Beispiel das Schicksal.)

Eines Tages wurde ich krank.

Meine Schwester, die Ärztin, hat mich geheilt. Als hätte sie nur deshalb Medizin studiert, um mich einmal zu heilen. Sie hat mir erklärt, was Respekt ist, aber ich fand die Leute viel zu kühl, wenn sie mir mit Respekt begegneten. Geduldig hat sie mich zu Diskretion und Schamgefühl bekehrt, sie hat mir beigebracht, mich für mein Verhalten und für meine Abhängigkeiten zu schämen, sie meinte es sicher gut, aber ein Teil von mir ist dabei gestorben.

(Auf was muss man denn noch verzichten, um ein guter Mensch zu sein. Auf ganz viel, scheint mir.)

Mir tat meine Schwester heimlich leid, weil sie von so viel Respekt umgeben gewesen war, von so viel Kälte, von einer so großen Distanz, die überwunden werden musste, ehe sie eine Hand fand, die sie berühren würde. Ich habe mich oft gefragt, ob sich unter all den Vorwürfen und der Empörung meiner Schwester nicht eine ungeheure, brennende Lust verbarg.

Es gelang ihr, mich zu heilen. Schon bald zitterte ich kaum mehr, sondern wedelte gerade noch etwas mit dem Schwanz wie ein müder alter Hund, wenn ein Blick zufällig in meinem versank. Ich gab freundlich schon beim kleinsten Zeichen der Zuneigung zu erkennen, dass hier nichts zu erwarten war, bis man mich schließlich ganz und gar in Ruhe ließ, alleine, ehrenwert und eiskalt. Damals hat mein Gesicht sich verändert.

Ich habe dann angefangen, zwanghaft alle Bücher zu lesen, die ich fand, davon wurde mir übel, aber ich machte weiter, ich las ohne Unterlass, ich sagte mir, die Wörter würden in mir bleiben, anders als die Männer, die am Ende immer fortgehen.

(Als sie Pierre kennen lernte, hatte Nicole vergessen, wie Männer schmecken, und war schon lange nicht mehr ihr Hund.

Sie unterrichtete Französisch, und das Einzige, was sie mit Appetit beziehungsweise Naschhaftigkeit ansah, waren Bücher, als wären sie aus Fleisch und Blut, als hätte die französische Sprache sie mit einem Geschlecht versehen, als könnten sie sie schwängern, ihr Gewicht verleihen und Leben und das Gewicht des Lebens. Damals verstand sie *la langue* schon nicht mehr als *Sprache*, als abstrakten Begriff, als Ursprung der gesprochenen Äußerung, nein, sondern vielmehr als *Zunge*, als eine schwammige, blutgetränkte Masse voller Papillen, eine Verheißung andauernder Feuchtigkeit und Wärme, Nicole las die Sprache, wie man Dinge verschlingt, wie man sie zusammenträgt, um sie zu horten, anzuhäufen, und ihr Fassungsvermögen schien unbegrenzt, dehnbar, riesig, in ihr herrschte die Sprache als Besatzungsmacht, sie wurde ständig von innen beleckt, ständig feucht, brannte sie von einem wohltuenden Fieber, das sie an das Zittern ihres Hundelebens, ihres früheren Lebens erinnerte.)

Als unsere Mutter starb, sprach meine Schwester schon seit Jahren nicht mehr mit ihr.

Hallo Émilie, grüß dich, ich bin bei Mama, und wie läuft's, geht schon ich wollte dir sagen dass ich die Kugel wiedergefunden habe, die Kugel welche Kugel, die Schneekugel mit dem Eiffelturm ich habe sie wie verrückt für dich gesucht, warum hast du sie denn wie verrückt gesucht, um dir eine Freude zu

machen ich bring sie dir, hör mal das ist nett aber ich
will die Kugel nicht, du willst die Kugel nicht in der
es auf Paris schneit, nein, es schneit übrigens nicht
mehr sie muss ein Loch haben, warum schneit es
nicht mehr, die Kugel ist ausgelaufen deshalb klebt
der Schnee innen fest, hör mal Nicole das ist doch
egal, aber ich dachte dass, du dachtest dass mir was
daran liegt aber dir liegt etwas an so Sachen, ach
so mir, ja du warst immer sentimental bei alten Sa-
chen und dann redest du dir ein dass ich bin wie
du du projizierst, ach so ich projiziere, ok ich habe
noch einen Patienten dann komme ich dich mit dem
Lieferwagen abholen in Ordnung, in Ordnung, ich
habe mich schon mit dem Antiquar verabredet wir
bringen die Möbel direkt hin, gut und die Kugel,
was ist mit der Kugel, was soll ich mit der Kugel
machen, wirf sie weg.

Wenig später ist ein Kind vor dem Lieferwagen auf-
getaucht, ich habe nur einen Lichtblitz gesehen.

Guten Tag hier ist der Anschluss von Pierre-und-
Nicole bitte hinterlassen Sie eine Nachricht wir ru-
fen so bald wie möglich zurück Danke.
Hallo Nicole ich bin auf der Wache ich darf ein
Telefonat führen tut mir leid aber ich werde mich
verspäten mir ist was dazwischen gekommen nichts
Schlimmes sie kann noch sehen man sagt mir immer

wieder ich habe Glück dass sie noch sehen kann und
dass sie mich nicht anzeigt übrigens solltest du die
Ansage auf dem Anrufbeantworter ändern die passt
nicht mehr und kann zu Missverständnissen führen
aber naja du wirst sagen man sollte vieles ändern
und auf Missverständnisse fallen wir ständig herein.

Weißt du noch, wie wir miteinander eine Liste gemacht haben von allem, was man ändern müsste,
dass man die Geschlechtsteile der Erotik entreißen
müsste, die Zungen der Sprache und die Besitztümer
ihren Besitzern. Man müsste den Büchern die Tinte
entziehen, den Flaschen den Rausch und dem Licht
die Helligkeit und dem menschlichen Herzen die
Liebe …

Und dann würden wir einen großen Haufen machen einen großen Strauß ein großes Fest, zu dem
nur die Geschlechtsteile, die Zungen, die Tinte,
die Besitztümer, der Rausch, die Helligkeit und die
Liebe eingeladen wären, frei von allem, was sie ka-
putt macht.

(Ich dachte auch, Pferde sollten Fleischfresser
sein.)

Wir würden Wildgänse haben, denen wir unseren Kopf auf die Brust legen dürften wie auf Dau-
nenkissen.

Wir würden Pferde haben, die wir zwischen die
Beine nehmen könnten.

Wir würden jede Menge Tinte in den Adern haben und wir würden Poesie fließen lassen, ohne deshalb zu sterben.

Wir würden üppige Mahlzeiten an einem riesigen Tisch ausrichten, wo wir uns vor unseren Freunden hinlegen und träumen könnten.

Und sie würden sich beim bloßen Zusehen schon erholen.

Man muss übermenschliche Kräfte haben, um normal zu leben, um sich zu vereinigen und fortzupflanzen, sich selbst und andere zu ernähren, man muss ein geistiger Riese sein, um nicht unterzugehen, ein feucht gewordener Knallfrosch, um nicht zu explodieren, und man muss irgendwie gestört sein oder verändert, ich weiß auch nicht, Kiemen haben, um nicht zu ertrinken, oder tausend Pfoten, um nicht das Gleichgewicht zu verlieren, oder ein Pferd zwischen den Beinen, um sich nicht allein zu fühlen, und dann müssen wir auch noch essen, das nimmt kein Ende, jeden Tag muss man von Neuem essen, einkaufen und Nahrung aufnehmen, das geht scheint's endlos bis zum Tod, bis zum Ende und noch weiter, wir kauen ohne echte Überzeugung.

Siehst du, Nicole, seit du weg bist, spreche ich von mir im Pluralis Majestatis, im Königsplural, so wie man einen Pudel Königspudel nennt, um ihn der Lächerlichkeit zu entreißen, die an seiner Pudelhaut klebt. Und wir treten der Welt entgegen, wie es der

Königspudel tut: auf vier Pfoten und mit hängender Zunge.

Wir haben die Augen schön vorne im Gesicht wie alle Raubtiere, im Gegensatz zu den Beutetieren, bei denen die Augen seitlich am Kopf sitzen, damit sie beim Grasen oder Picken die Klaue beobachten können, die auf sie niederzufahren droht. Auf unseren Tellern liegen die Erträge von Jagd und Fischfang, ohne dass wir freilich gejagt oder gefischt hätten, aber wir erinnern uns daran, dass wir es sehr wohl getan haben könnten, da der Königspudel ja in erster Linie ein Jagdhund ist.

Erzähl mir eine Geschichte, ich kenne nur traurige, ich liebe traurige Geschichten, wirklich, als ich klein war habe ich meine Mutter immer gebeten mir dieselbe traurige Geschichte zu erzählen, welche, die kleine Meerjungfrau, die eine Frau werden will, ja, und das ist traurig, ja.

An diesem Morgen blickt der Königspudel wieder einmal in seinen Kühlschrank, der angefüllt ist mit bunten Vorräten. Auf den durchsichtigen Einlegböden alle Arten von Gestalten: Flaschen, kleine Pappschachteln, Gläschen, und dann liegen da Gemüse und Eier, in Reih und Glied wie Schüler. Er nimmt nichts von all dem, er begnügt sich damit, es anzuschauen, er hat schon so lange keinen Hunger mehr gehabt, hat er überhaupt schon einmal Appetit gehabt, und doch ist die Erleichterung jedes Mal wieder gewaltig, wenn er vor dem geöffneten Kühlschrank steht.

Ja, der Königspudel bewundert seinen Kühlschrank, der groß und weiß ist wie ein Magen, er betrachtet auch seine Speisekammer, sein Vermögen und manchmal seine satten Welpen, die so niedlich sind in ihrem Körbchen.

Oft träumt der Königspudel Träume, die ihn leise fiepen lassen, Träume, die er seiner Frau am nächsten Morgen beim Kaffee erzählt.

In seinen Träumen ist der Pudel wieder königlich, er jagt. Er rennt durch einen riesigen Wald. Die Erde ist weich, und das tote Laub riecht gut nach Verwesung. Das Moos dämpft den Lauf des Pudels, federt ihn ab. Plötzlich hört er in der Ferne etwas wie einen Trommelwirbel: es sind die Hufe eines fliehenden Wildschweins. Die Vögel stoßen ihre Schreie aus, bestimmt warnen sie sich gegenseitig, dass der Königspudel in der Nähe ist, der König der Jagd. Überall umhüllt Efeu die Bäume, deren Äste sich weit oben wie Finger ineinander verschlingen. Am Boden Bruchstücke von Licht wie kleine Goldklümpchen.

Plötzlich denkt der Pudel an seinen Kühlschrank und fragt sich, ob er nicht einfach hätte zum Supermarkt gehen sollen, anstatt in diesen nassen Wald einzudringen und in den Sümpfen auf der Lauer zu liegen, um dann mit leeren Händen schmachvoll heimzukehren.

Niemand schießt mehr Enten, denkt der Pudel. Enten kommen eingemacht und luftdicht eingeschweißt im Kühlschrank zur Welt.

(Armer Königspudel.)

Er ist heute nicht zur Arbeit gegangen. Er wollte die Fensterläden streichen, um seine Frau zu überraschen. Sie wäre vom Büro heimgekommen, sie hätte eine schöne Überraschung erlebt, und dann hätten sie zweifellos am Abend miteinander geschlafen.

(Aber er schafft es nicht, die Fensterläden zu streichen. Er schafft es auch nicht, mit seiner Frau zu schlafen.)

Er zündet sich eine Zigarette an, die liegt nicht schwer im Magen, Rauch verteilt sich leichter im Körper als Nahrung. Er isst seinen Teller nie leer und erinnert sich daran, dass er als Kind von seinen Eltern geschimpft wurde, die es nicht versäumten, ihren kleinen Pudel daran zu erinnern, dass anderswo, in Ländern, wo Krieg und Hunger herrschen, Leute verhungerten. *Der Hunger nimmt ihnen das Leben.* Und sie erzählten wieder einmal von den Zügen ausgemergelter Körper, die in Richtung Essbarem wankten, wie Silhouetten, die *zu dünn sind um am Boden Schatten zu werfen.* Der Pudel hat nie verstanden, wie diese Erzählungen ihn dazu bringen sollten, seinen verlorenen Appetit wiederzufinden.

Er sieht gleichgültig zu, wie die Asche auf den türkischen Teppich fällt. Er betrachtet die Motive des türkischen Teppichs und ihm wird klar, dass er sie bisher noch nie wirklich betrachtet hat. Er sieht dann den Telefonhörer an, der auf dem kleinen Mahagonitischchen liegt. Er denkt, dass das Telefon läuten wird. Er spielt, dass er denkt, dass das Telefon läuten wird. Das wäre lustig, wenn das Telefon läuten würde, denkt der Pudel. Nach einigen Minuten, in denen das Telefon nicht läutet, drückt der Pudel seine Zigarette aus, steht auf und geht eine Zeitschrift aus dem Zeitschriftenstapel holen. Der Pudel und seine Frau haben mehrere Zeitschriften abonniert. Frauenzeitschriften, Einrichtungszeitschriften, aber auch wissenschaftliche und literarische Zeitschriften, Wirtschafts- und Politikmagazine. Der Königspudel ist gerne gut informiert. Aber je besser er sich informiert, umso mehr gerät er durcheinander: Er denkt etwas und dann denkt er genau das Gegenteil, er macht sich eine Vorstellung, die sich gleich wieder auflöst, zuletzt fragt er sich, wie er es schafft, gut informiert wie er ist, am Ende so gleichgültig zu bleiben. Keiner Zeitschrift ist es gelungen, ihm sein abhanden gekommenes Mitleid zurückzugeben.

Wenn die Zeitschriften gelesen sind und schon seit Wochen herumliegen, dürfen die Welpen Schnurrbärte auf die Gesichter malen oder Bilder ausschneiden.

Dem Königspudel ist nicht so sehr daran gelegen, Zeitschriften durchzublättern, als vielmehr genau in diesem Moment ein Pudel zu sein, der eine Zeitschrift durchblättert, in aller Ruhe, in den Wohnzimmersessel gelehnt, sitzt der Pudel bequem, er weiß es nicht, er weiß, dass es sicherlich bequem aussieht, das genügt ihm. Aber bald steht er auf, hat schon genug davon, ein Pudel zu sein, der eine Zeitschrift durchblättert und dabei aussieht, als säße er bequem, er sieht aus dem Fenster, sieht einen Rasen, eine Gartenbank im Schatten, warum setzt sich nie jemand auf diese Gartenbank? ein Rad liegt da wie ein totes Pferd, ich hab den Kindern tausendmal gesagt, sie sollen ihr Fahrrad in die Garage räumen, ein Vogelbad, so eine blöde Idee, zugeschissen, und dann ein anderes Fenster gegenüber, da leben die Nachbarn, wie machen die das? *Wie*, das heißt auf welche Weise, aber auch, was für eine Heldentat.

Er geht weg vom Fenster, er dreht sich ein wenig um sich selbst, ehe er sich wieder hinsetzt, wie es Pudel im welken Laub tun, er steht wieder auf, holt ohne nachzudenken Stift und Papier aus der Schublade des Tischchens, und auf das Papier schreibt er: *Es war ein Unfall.*

Dann geht er sein Jagdgewehr aus der Garage holen, kommt zurück und setzt sich wieder in den Sessel, der aussieht, als säße man dort bequem. Der Pudel betrachtet sein Gewehr lange, respektvoll und demütig. Ein Lächeln entblößt seine Zähne, was für ein Getue, worauf warte ich noch? (Er wartet auf ein Gefühl, das sich nicht einstellt. Wird es sich nie einstellen?)

Er schnuppert am Metall des Gewehrs, knabbert ein bisschen am Holz, hört dann auf, um zu gähnen. Dann blickt er weg vom Gewehr in die Augen seiner Frau in dem kleinen Rahmen, der auf dem Klavier steht. Sie säugt ihre drei Welpen gleichzeitig. Sie sieht sie nicht an, sie sieht woanders hin, zuversichtlich, sie scheint mit all ihrer Weisheit zu wissen, dass die Milch weiß, wie sie fließen muss, und dass die Welpen wissen, wie sie saugen müssen.

Dem Königspudel fällt es plötzlich schwer, den Blick seiner Frau zu ertragen. Er denkt an die Welpen und erinnert sich daran, wie sie zur Welt gekommen sind. Sie sind blind und hungrig zur Welt gekommen. Die Welpen haben ihre Eltern sofort geliebt, sie haben sie mit ihrer ganzen Blindheit und all ihrer Lebensunfähigkeit geliebt, mit ihrem ganzen Unvermögen, aber was ist denn dann die Liebe meiner Welpen wert, denkt der Pudel, was ist eine Liebe wert, die man dem wiederkehrenden Hunger verdankt, einer grundlegenden, angeborenen Hilf- und Mittellosigkeit.

Und plötzlich, als sei es nicht so wichtig, als geschehe es unüberlegt, öffnet der Pudel seine Schnauze ganz weit, schiebt das Jagdgewehr hinein und drückt ab.

Etwas später wird seine Frau nach Hause kommen, beladen mit Einkäufen, die den Bauch des

Kühlschranks füllen sollen. Im Moment denkt sie noch beim Autofahren: Sie muss sich beeilen, das tiefgekühlte Fleisch in die Gefriertruhe legen, bevor es auftaut, sie muss noch bei der Reinigung vorbei, ehe sie zur Kinderkrippe fährt, um die Welpen abzuholen, sie lächelt bei dem Gedanken an das Bilderbuch, das sie ihnen heute Abend schenken wird, sie werden sich freuen, und da ist sie schon zu Hause angekommen, wir müssen wirklich dieses Jahr die Fensterläden neu streichen.

Als sie die Haustür öffnet, lässt sie ihre Taschen fallen, während sie einen Schrei unterdrückt.

Sie wird den Welpen sagen, dass es ein Unfall war. Ihr ganzes Leben lang wird sie behaupten, dass es ein Unfall war. Papa hat sein Jagdgewehr gereinigt.

Die ist traurig deine Geschichte, ist sie dir traurig genug, ja, das kann uns nicht passieren, nein, wir haben weder Welpen noch ein Jagdgewehr.

Nicole blickt aus dem Fenster. Vor dem Restaurant versammeln sich die Raucher. In der Gruppe fühlen sie sich weniger lächerlich, sie atmen harmonisch und solidarisch ein und aus, bald wird ihnen der Gestank von kaltem Tabak in den Kleidern und in den Haaren hängen, ihre Finger sind eiskalt, aber das Vergnügen wiegt alles auf. Manchmal kreuzt der Blick eines Rauchers zufällig durch die Scheibe den eines Nichtrauchers, der im Inneren des Restaurants am Tisch sitzt, im Warmen, zufrieden mit seinem Schicksal, zufrieden damit, dass das Vergnügen des Rauchers diesem eine Strafe einbringt, es gibt also noch Gerechtigkeit im Leben. Manchmal raucht ein mutiger Raucher sogar zwei Zigaretten hintereinander, vielleicht hat er so das Gefühl, nur einmal zu frieren für doppeltes Vergnügen, man weiß es nicht.

(Ein Schwarm Trappgänse fliegt über die Raucher hinweg. Pierre fragt sich, ob der Rauch von den Rauchern bis zu den Trappgänsen aufsteigt.)

Entschuldigung hätten Sie wohl bitte eine Zigarette für mich?

Der Raucher zögert, es stimmt schon, eine Schachtel ist heutzutage teuer. Widerwillig öffnet er dennoch seinen Mantel, fasst in die Innentasche und holt eine fast neue Schachtel hervor.

Der Raucher bietet Pierre die Schachtel an, nachdem er eine der Zigaretten leicht herausgeklopft hat, damit er sie sich selbst nimmt. Pierre steckt sich die Zigarette zwischen die Lippen, es ist nicht leicht, sie mit dem Boxhandschuh festzuhalten. Der Raucher hält ihm die blaue Flamme aus seinem Feuerzeug hin. Pierre zündet die Zigarette an, indem er sehr stark anzieht, bekommt keine Luft mehr, der Rauch steigt ihm in die Augen, er hustet noch stärker, versucht nochmal anzuziehen, er hat das Gefühl, sein Rachen steht in Flammen, er ist benommen und ihm ist übel.

Geht's, schon gut das kommt weil das meine erste Zigarette ist, Ihre erste Zigarette heute, nein in meinem Leben ich hab noch nie geraucht.

(Entsetzter Blick des Rauchers.)

... Wie noch nie, nein noch nie, sind Sie denn verrückt Sie dürfen nicht damit anfangen, ich will es aber verstehen, was verstehen jetzt werfen Sie doch diese Zigarette weg Sie sind albern, das Vergnügen verstehen die Gliederung des Tages seine Markierungen seine Abschnitte ja eine Abfolge von Unterbrechungen in einem ansonsten freudlosen Tag.

(Dem Raucher fehlen die Worte. Die Zigarette hält von selbst am Rand der Unterlippe seines offenen Mundes.)

Aber in Wahrheit glaubt Pierre eher, dass der Tagesablauf das Rauchen unterbricht, und nicht umgekehrt. Alles Übrige webt Pausen in die großartige Tragödie der Raucherei ein. Während das Rauchen ein Verlauf ist, ein fortwährender Atem, ein Fluss, eine Gangart. Man sollte niemals aufhören, niemals ausmachen, und wir sollten uns ununterbrochen gegenseitig zum Vorbild nehmen, wie wir rauchen und nichts Böses tun.

Die Trappgänse schreien aus vollem Hals. In wenigen Augenblicken werden sie die ganze Stadt überflogen haben.

Der Winter wird hereinbrechen wie eine schlaf-
lose, weiße Nacht. Alles wird still sein, aber nichts
wird schlafen. (Im Winter hört man, wenn man die
Ohren spitzt, den Schnee. Er knistert, wenn er die
Erde netzt. Ich wundere mich immer, dass der Boden
nicht genügend Durst hat, um ihn ganz aufzutrin-
ken. Ich liebe es, Schnee zu grasen, ich mache Spu-
ren hinein, die so breit sind wie meine Zunge. Ich
zerbeiße die Leere, das Nichts nahezu, ein Mundvoll
Schnee ist nahezu nichts, kaum ein paar Tropfen
Wasser im Mund. Ich baue nichts, ich höhle lieber
den Boden mit meiner Zunge aus. Ich räche mich
an den Kühen, die ich so oft beneidet habe, weil sie
gleichmütig den Boden fressen.)

Ich werde kalt sein. Kalt wie eine Tote. Kalt wie
eine Tote, die man bis zum Auftauen in den Kühlschrank gelegt hat. Kalt wie eine Tote, der man das
Gesicht mit einem heiteren Ausdruck geschminkt
hat, dem Diktum zufolge, dass die Toten heiter sind,
auch wenn nichts weniger sicher ist als die Heiter-
keit der Toten. Kalt wie meine Schwester, als sie
noch lebte, und kalt wie meine Schwester als Tote.
Kalt wie der blauweiße Winter. Kalt wie die Luft,
durchschnitten von den Flügeln der Trappgänse.
Kalt wie dieselbe Luft, ehe sie durch die Nüstern der
Pferde strömt.

Pierre ist gekommen, ich sehe, wie er mit Rauchern redet. Es rührt mich, dass er es nötig hat,

Rauch in seinen Körper zu pumpen, als würde er ihn aufblasen und ihm so eine aufrechte Haltung verpassen.

Ich sehe ihn an und weiß plötzlich nicht mehr, wer von uns der andere ist, er oder ich. Wer genau dieser seltsame und vertraute Körper ist, den ich ohne Absicht und ohne Eile betrachte, ich weiß es nicht mehr. Wenn töten und sterben an einem einzigen Abend aufs Gleiche hinauslaufen, am Ende von ich weiß nicht welchem Weg, sie hat sich vor dem Meer gefürchtet, wie man sich vor wilden Tieren fürchtet, und hat sich in sein Maul aus tollwütigem Schaum gleiten lassen, *weißt du noch das Hotel wo wir immer unsere Ferien verbracht haben, schrecklich ja weiß ich noch, ich hab die Nummer 12 für eine Woche reserviert, nicht dein Ernst, ich zieh mich ein bisschen zurück das wird mir guttun, bist du sicher dass das eine gute Idee ist, warum, wir haben die Ferien in Nummer 12 immer gehasst, gar nicht ich hab das geliebt, wirklich, ja doch du bringst da was durcheinander du warst es die nicht aufgehört hat zu weinen was warst du für eine Heulsuse du hast uns immer die Ferien verdorben du hast Mama in den Wahnsinn getrieben.*

(Ein nasser Hund hat kein Mitleid mit einem anderen nassen Hund.)

Meine Schwester hat die Nummer 12 gemietet, sie hat die ganze Woche dort verbracht, sich eingesperrt, die Mahlzeiten hat man ihr aufs Zimmer gebracht, sie rief ihn jeden Abend an, *du fehlst mir, du fehlst mir auch, soll ich nicht zu dir kommen, nein danke das ist lieb von dir ich muss noch schreiben, hast du schönes Wetter, ja, gehst du ein bisschen raus, ja ich geh am Strand spazieren, das ist gut mein Schatz,* das Meer hat sie nur vom Fenster der Nummer 12 aus gesehen, denn die Nummer 12 hat Blick aufs Meer, das haben wir oft genug von unseren Eltern gehört, die immer wieder betonten, dieses Zimmer sei besser als alle anderen.

Oktober, das Meer gehört nicht mehr den Badegästen. Meine Schwester geht bis zu den Knien ins eiskalte Wasser. Die Kältestarre tut gut, sie spürt ihr Herz schlagen, als sei es die Faust eines anderen, die hartnäckig gegen ihren Käfig hämmert. Die Wellen versuchen, den Sand unter ihren Füßen wegzuschieben, es gelingt ihnen ein wenig, fette Algen schlingen sich um ihre Fußgelenke, sie geht trotzdem weiter. Die Faust hämmert schneller, das Wasser reicht ihr jetzt bis zum Rumpf, es ist kalt wie eine Narkose, sie kann nicht mehr zurück. Das Meer wird weitermachen, denkt sie. Sie atmet ein und wirft sich dem Meer in den Rachen, sie möchte lachen, so wie man manchmal über seinen eigenen Mut oder über seine Verrücktheit lacht, sie schwimmt, lange, und stellt sich die Welt vor, die sich unter ihrem Körper erstreckt, das Relief, das sie nicht mehr berühren kann, und all die unerschütterlichen Tiefen, sie wohnt euphorisch ihrer eigenen Verdinglichung bei, ihrer Vervielfältigung, ihrem Wunder, ja, meine Schwester wird zum Ding, und dann zu allem auf einmal, zu den Schiffen und ihren Schiffbrüchen, zum unabwendbaren Lauf des Universums.

Die kleine Meerjungfrau hatte ihre Stimme gegen Beine eingetauscht, und ihre Schwestern hatten ihre Haare für ichweißnichtmehrwas eingetauscht, ich weiß nur noch, dass die Meerjungfrau immer verlor bei dem Tausch, und das war die traurigste Geschichte der Welt, die man uns regelmäßig erzählte, meiner Schwester und mir, im Zimmer Nummer 12 in dem Hotel am Meer, zweifellos, weil diese Geschichte zur maritimen Thematik unserer Ferien passte. Manchmal hielt ich mir Muscheln auf die Ohren, um sie nicht zu hören, diese Geschichte, um nicht zu hören, dass die kleine Meerjungfrau davon träumt, in unserer Welt zu leben, wo die ihre mir doch viel schöner erscheint, um nicht zu hören, dass die kleine Meerjungfrau, gerahmt von zwei Beinen, bei jedem ihrer Schritte unerträgliche Schmerzen leidet, ohne Tränen und ohne Stimme, um nicht zu hören, dass der Prinz nicht weiß, dass er sein Leben der kleinen Meerjungfrau verdankt, um nicht zu hören, dass es der kleinen Meerjungfrau niemals gelingen wird, das Herz des Prinzen zu gewinnen, weil er eine andere lieben wird, um nicht zu hören, dass die kleine Meerjungfrau, unfähig zur Rache, am Ende lieber zu Schaum wird, als den Prinzen zu töten, der, in Schlaf gesunken, nichts von den Opfern der kleinen Meerjungfrau weiß, nichts von ihrem Martyrium und nichts von ihrer christlichen Liebe.

Als sie ins Wasser eintauchte, fühlte meine Schwester ihren Körper zu Schaum zergehen, jetzt war sie in den Bauch zurückgekehrt, dem sie entstammte, und ich muss zugeben, ich habe sie darum beneidet, dass sie so weit war wie das Meer, das sie birgt, von nun an konturlos, fast immateriell, zerbrochen in unendlich viele Teilchen, fließend und ungreifbar, weil aufgelöst in der Matrix, wie Worte in der Muttersprache, wie Erinnerungen im Gedächtnis, wie Kinder in der Kindheit; man kann nichts zurückholen.

Guten Tag Pierre wie geht's, guten Tag Nicole danke gut und dir, geht schon, tut mir leid ich bin zu spät, das macht nichts, mir ist was dazwischen gekommen, das macht nichts, du bist bestimmt stinksauer, schon vergessen, bist du sauer, aber nein ich bin nicht sauer ich bin kühl, ach du bist also kühl, ist schon vergessen, du hast schon gegessen, ja, gut dass du nicht auf mich gewartet hast, woher weißt du das, was, dass ich schon gegessen habe, die Serviette, ach ja stimmt die Serviette ist ausgebreitet du kannst was essen es ist sehr gut ich weiß nicht mehr

was ich hatte du kannst was essen auch wenn ich
schon gegessen habe iss doch bitte was, nein schon
gut ich habe wirklich keinen Appetit, trinken wir
dann einen Kaffee, au ja sehr gut trinken wir einen
Kaffee, und wie geht's dir sonst so, nicht schlecht
ich hab' gerade Urlaub, du und Urlaub, ja ich weiß
das kommt dir vielleicht seltsam vor, ja aber wa-
rum eigentlich nicht, genau warum eigentlich nicht
und dir geht's gut, mein Gott Pierre deine Hand
du blutest ja, das ist nichts, aber du blutest doch
du bist total zerschnitten du blutest, das ist nichts
das ist nichts, aber das muss man verbinden was ist
dir denn passiert Vorsicht du tropfst auf das weiße
Tischtuch des Restaurants hast du dich geprügelt,
aber nein, mit wem hast du dich geprügelt, jetzt spiel
hier nicht die Mutter, du bist unmöglich ständig
musst du dich prügeln, ich hab' mich nicht geprü-
gelt, wir müssen deinen Verband wechseln komm
wir gehen ich verbinde dich, ach nein schau mal mit
der Serviette geht das schon, aber die gehört dem
Restaurant die weiße Serviette, das macht nichts,
komm ich kümmere mich drum, warum musst du
dich ständig um irgendwen kümmern, du hast dich
absichtlich geschnitten du wolltest aus Liebe zu mir
sterben stimmt's, echt nicht, ich hab' schon ver-
standen du hast dich geschnitten um zu verbluten
du wolltest aus Liebe zu mir sterben, aber nein was
erzählst du denn da, warum sagst du jetzt aber nein

aber nein was erzählst du denn da so als würde ich etwas völlig Abwegiges sagen als wäre ich eine Liebe nicht wert die so groß ist dass man dafür verbluten möchte, ich habe mich nicht absichtlich geschnitten das ist alles, und du wolltest mich auch nicht umbringen, nein Nicole ich wollte dich nicht umbringen also komm, du wolltest also weder sterben noch töten, genau weder töten noch sterben, aber wozu ist das dann alles gut die Trennung und alles wenn niemand daran stirbt, hör doch auf Nicole wir haben nicht das Zeug zum Sterben, aber ich halte das nicht aus, was denn, das alles ich halte das alles nicht aus mir tun die Knochen weh mir tut das Herz weh ich kann nichts tun wenn du nicht da bist um es mit mir gemeinsam zu tun und ich halte es nur schwer aus dass du was tun kannst, was denn, alles, aber ich kann das auch nicht ich schwör's, lass uns hier weggehen, gut, lass uns woanders hin gehen, gut gehen wir, ganz weit weg, wenn du willst, wohin wirst du mich bringen, wohin du willst Nicole, versprich es, versprochen, auch wenn ich weit weg will bringst du mich hin, ja wohin du willst, irgendwohin ans Meer, wenn du willst ans Meer, ja ans Meer ist gut, ist gut ans Meer ist gut, ich will schwimmen, gute Idee gehen wir schwimmen, ich will im Meerwasser schwimmen, gut Liebling gehen wir.

Wir danken für die Unterstützung

Conseil des arts Canada Council
du Canada for the Arts

Die Originalausgabe erschien 2011 unter dem Titel
La concordance des temps
© 2011 Leméac Editeur

© 2019 für die deutsche Ausgabe: müry salzmann
Salzburg – Wien

Bibliografische Information der Deutschen Nationalbibliothek
Die Deutsche Nationalbibliothek verzeichnet die Publikation in der
Deutschen Nationalbibliografie; detaillierte bibliografische Daten sind
im Internet über http://dnb.ddb.de abrufbar

Lektorat: Silke Dürnberger
Gestaltung: Müry Salzmann Verlag
Druck: Theiss, St. Stefan im Lavanttal
ISBN 978-3-99014-185-4
www.muerysalzmann.at